ミトンとふびん

吉本ばなな

幻冬舎文庫

目次

夢の中 7
SINSIN AND THE MOUSE 19
ミトンとふびん 83
カロンテ 141
珊瑚のリング 205
情け嶋 217

あとがき 255
文庫版あとがき 259

ミトンとふびん

夢の中

金沢には一度だけ行ったことがあった。

しかし全てがぼんやりとあいまいで、今となっては移動した場所も特定できず、淡い感触しか残っていない。

当時のボーイフレンドは飛行機嫌いで、どうしても電車で行くと言い張った。そのときは新幹線がまだ通っていなかったから、ずいぶんと時間がかかった。私はすっかり不機嫌になりふたりはけんかをした。宿も私が望んでいたような和風の旅館ではなくて、ビジネスホテルみたいなところだった。川も見えないし、風情がない。ホテルのレストランで取ってつけたようなぬるい名物料理のランチを食べながら、私は文句を言った。ボーイフレンドは「そんなこと言うものじゃない。」と言った。

私はすっかり頭に血が上ってしまい、「帰る。」と言って席を立った。

部屋に上がって荷物をゆっくりまとめたが彼は追ってこなかった。そろそろ潮時という感じのふたりだったので、もういいかと私はぼんやり思った。つきあって一年、あまり気の合う人ではなかった。旅先で別れるなんて、とも思った。でもしかたがなかった。そもそも私は飛行機が大好きで、空を飛んでいるあいだずっとわくわくして、トイレにも行かずに窓際の席を取ってずっと外を見ているような、そんな人間だったから。合わないに決まっていたのだ。

空港でチケットを取って帰ろうと思った。帰りは絶対飛行機で帰ってやる！　と思ったから。

でもホテルを出て百歩くらい歩いたとき、はっとした。今夜は、この街が地元である目上の知人が店を予約してくれていたのだった。

「せっかくここまで来たんだから一泊しよう」と考え直した。旅館で素泊まりはむつかしいと思い、空室がある別のホテルを探した。清々しい気分だった。彼と仲直りして甘い夜を過ごすことさえも、もはやめんどうくさいと思えていたからだ。

夜になって予約時間が来たので、そのお店にひとりで行った。さすがにボーイフレンドは来ていなかった。まだ携帯電話がない時代だったので連絡の取りようがなく、もし彼が思い直して来るとしたらその店しかなかったので私は心底ホッとした。楽しかったときのことを思い出すと少し淋しいけれど、もう終わった。これで心おきなく飲める、と。

そこはカウンターだけの和食屋さんで、若い板さんとおかみさんがいた。並びの席には知人の友だちがふたりたまたま来ていて紹介された。そのお店を教えてくれた知人は帰省したらこういうところで、こういう人たちと飲んでいるのかとしみじみ思いながら、隣におじゃました。

おまかせのみで出てくる食べものはみなホテルで食べた料理の百倍くらいおいしくて、私は自由と幸せを感じた。お刺し身の切り口はつやつやと輝いていた。この地方特有の甘くて濃いお醬油がその厚いお刺し身にぴったりと合っていた。

「ひとり旅なの？」と知人の友だちのおじさまが聞きにくそうに言った。

そうなんです、彼とケンカ別れしちゃって、てへへ、などと言っている私に色目を使うこともなく、「そんな時期じゃあ口説けないな。」と明るく言ってくれるような品の良い人たちだった。おかみさんが冗談混じりで守ってくれたこともあって、くつろいでお酒を飲み、語り合い、食事をした。

十一時くらいに歩いてホテルに帰った。おじさまたちはホテルまで紳士的に送ってくれた。

「じゃ、私はここで。今からちょっと野暮用があってね。」

と彼らのうちひとりのおじさまは言った。

「私も行きつけで一杯飲み直して帰るよ。」

ともうひとりの少し年配のおじいさまが言った。

そしてふたりは夜の闇の中に消えていった。小さな路地の奥に、すうっと、霞むように。

そのあと数年して、「野暮用」の彼は病気で亡くなったと知人づてに聞いた。

私の心の中の彼は一生、仕立てのいい黒いジャケットを着て黒い夜に溶けていく粋な姿のままだ。もう会うことのない人の後ろ姿は夢で見た光景みたいにきれいだった。

彼の連れの、マジックを見せてくれたおじいさまももう鬼籍に入られたと聞いた。トリックで箸袋を燃やしておかみさんに叱られていたっけ。彼は大学の教授だった。この街の思い出がいいものになってほしいからと私にごちそうしてくれた。

あの夜、お店の中でいちばん若かったのが私。次が三十代であろうおかみさんと板さん。歳上だったふたりはもういない。

そう思うと、あのお店自体がすでに、ぼうっと夜の闇に浮かんだまぼろしだったように思えるのだ。

そんなもの哀しい印象のある街だったが、それから三十年の時を経て、夫になった人と娘と三人で訪れたそこはまるで違う顔をしていた。

まず新幹線の駅がぴかぴかで大きくて、駅前にはたくさんのバスが行き来するステーションができていて、大勢の外国人がいた。中国語、韓国語、英語。日本語が聞こえることのほうが珍しいくらい。

駅に迎えに来た宿からのバスは思ったより大きく、たくさんの人がいっしょに乗った。

そしてけっこうな長い距離を山深い場所まで移動した。

宿にはバスの中の人たちとは違う団体さんがチェックインしていて、ロビーがにぎやかだった。お風呂も人でいっぱい。混んでるなと思いながら娘と小さくなって着替えていたら、噂話が聞こえてきた。○○さんと宴会、いやだな、きっとお説教が始まるよ。遠い席に座ればいいじゃない、○○くんあたりを隣に座らせてさ。

昔働いていたデザイン事務所で繁忙期だけパートをするくらいの、専業主婦となった私は、大きい会社ってたいへんだなあと思った。お湯はとてもなめらかで、そして、お風呂場のどこを見てもそのグループの人ばかりだった。

「今日くらい言わせてあげようよ。」「奥さんがいる人を好きになるのはだめよ、露骨にせまっていたらさりげなく注意してあげましょう。でも、あとは大人同士だからね、あまりきつくは言えないね。」「私たちにも影響ありますもんね。」「できれば踏みとどまってほしいね、○○さん。」「○○ちゃんは、ふだんあまり自分の思うこと話してくれないから、こういうときに話してくれるといいね。」

おどろおどろしい会社の人間関係を聞かされるのかとうんざりしてい

たら、そうでもない。なんとも感じの良い人たちで拍子抜けした。

　晩ごはんはカニづくしで、夫も娘も私も無言でカニを食べてすっかり満腹になり、おいしいお米もいただいて、部屋に戻ってしばらくしたら、九歳の娘が「たいくつ、こんなに早く寝られない。」と言い出した。

「じゃあ、一杯だけ飲みに行く？　あんたはジュース。」と私は言って、三人で部屋を出て、ホテル内にある居酒屋に向かった。

　案内の表示をたどって行くと、居酒屋という名に合わない、ものすごく大きな広間みたいな地下の不思議な場所にたどり着いた。あまりの広さに間違えて朝食会場に来てしまったのかと思った。晩ごはんの会場は別の階にあったので、そのホテルがどんなに広いのかがよくわかった。

　お客さんはまばらで、中国の人がオーダーを取りに来た。娘は「コーラとたこ焼き！」と言った。私と夫はビールを頼み、娘のたこ焼きをもらってちびちび食べた。穏やかな旅だねえ、などと言い合っていたのもつかの間、いきなりさっきの団体さんが全員だと思われる分量で、浴衣姿で居酒屋空間にどっと入ってきた。私たちはすっかり囲まれてしまった。

夕食でもうお酒が入っている人たちだから、すぐ耳が痛くなるくらいの大騒ぎが始まった。席を交換しようとか、だれのそばに座りたい！とか。私たちの隣の席に社長さんが座っていて、社員が代わる代わるお酒を注ぎに来た。

いたたまれなくなったし、飲み食いもすっかり終わったから私たちは席を立った。社長側でないほうの隣席の若い青年が「うるさくてすみませんでした。ごめんね、お嬢さん。」と私たちと娘に言った。

「みなさん同じ会社の方なんですか？」私はたずねた。

「そうなんですよ、〇〇。ここではいちばん大きな会社です、石油関連です。」と彼は言った。

「ごめんなさい、地元ではないので、わからないんですけれど、みなさん仲が良くて、楽しそうでいいですね。」と私は言った。

彼は誇らしげにうなずいた。

私たちは家族三人、手をつないで部屋まで長い廊下を戻った。

そんなありふれた幸せな旅だったのに今でも不思議に思う。あの居酒屋の異様な広さ。変わったたこの絵が大きく壁に飾ってあったこと。あんなに大勢の人たちに囲まれて、ものすごい音の中で家族で生ビールやコーラを飲んでたこ焼きを食べたこと。お風呂でも居酒屋でもいっしょだった大勢の女性たちと、同じ会社で働いている錯覚をするくらいに人間関係を把握してしまったこと。

夢だったと言われても納得できた。

そう、もしかしたらあの街はそんな場所なのかも。全てが幻のような美しいもやに包まれる不思議な磁場の中、みなが夢の中を生きている。

娘は今も言う。「あの旅、広い居酒屋のたこ焼きがいちばん楽しかった。」それでやっと、あれはほんとうにあったことなんだと思うのだ。

SINSIN AND THE MOUSE

彼の顔だちがあまりにかわいらしく、目がぱっちりしていてまつ毛も長かったので、しかしそれに反して彼の身長が一八五センチくらいあってさらにガチガチでムチムチの鍛えあげられた立派な肉体をしていたので、私の第一印象は、

「なんだか合成写真みたいな感じの人だなあ」

というものだった。

闇の中にぽつんと浮かんだ、そんなおかしな印象だけ。

人と知り合うって、そんなことから始まるだけのことだ。その小さな印象がだんだん絶えない流れになり、少しずつ無視できない水流を作り、そこにまた大きく気持ちが注がれていく。

いつかこの小さな流れが海に出ることもあるかもしれないなんて、は

じめは決して思わないものだ。

亡くなった母の遺産が入って来て、そんなにたくさんではなかったけれど、ひとりっ子の私には他にだれも分ける人がいなかった。それはいいことのように見えるけれど、悲しみを分かち合う人もいないということでもある。

ちょっとだけなら自分の楽しみのためにむだづかいしてもいいと思って、友だちのライブがあることにかこつけて台北に遊びに行くことにした。

私はずっと母とふたりぐらしをしていた。母は長患いしていたので、彼女を失うことに関して気持ちを整える時間は充分にあったはずだった。

それでもずっと続いていたはりつめた気持ちでの看病が（入院しているときはお見舞いが）急に失くなったことでぽっかりと穴があいたようになり、母に会えない毎日が思いのほか重く悲しくて、三ヶ月もの間、ほとんど誰とも会わず、なにもできなかった。悪い夢の中にいるようにただ暗い気持ちの中で毎日が過ぎていくだけだった。

しかし、過ぎていってくれるというだけで、何かが勝手に回復していく。

そんなとき、友人のマサミチというシンガーソングライターが「台北のライブハウスにツアーで行くけど気晴らしに来ない？」というメールをしてきた。

マサミチはちょうどファンだった若い女性と結婚したばかりで、その台湾への旅は新婚旅行をかねていた。ライブを終えたらそのまま日月潭（リーユエタン）や台南をめぐるということだった。

新婚さんにくっついて歩くわけにもいかないから、ライブの打ち上げを終えたら台北からそのまま帰ることにした。そういう、半分ひとり旅みたいな感じがいいと私は思っていた。

私もまだ人に気をつかえる状態ではなかったからだ。

荷造りしている最中に何回も母が死んだことを忘れ「お母さんになにをおみやげに買ってこようかな」と思ってしまった。「ああ、そうか。もうなにも買ってこなくていいんだ」とまた涙が出た。

身も心もふわふわとしていて、まるで実際に旅をするための荷造りではないみたいだった。現実には日々着替えをして洗濯物が出たり、歩けば靴が汚れたりもしているのに、そういう生々しいはずのことをいくらやっていても、一切が自分から切り離されているような不思議な感じだった。

だれかと一緒に暮らすっていうのは実はとても大きなことなのだ。おみやげひとつとっても、義理で配るおみやげとは違う。なになら喜ぶかな、るすにしているあいだ淋しかっただろうから、奮発してこれを買っていってあげようかな、そんなきれいなブロックだけで、いっしょに暮らしている人へのおみやげを選ぶ心はできている。

前に台北に行ったとき、松山（ソンシャン）空港の中の色とりどりの椅子やオブジェが並ぶゲートの前で、最後の最後までお茶やバッグや虫さされの薬や健康食品やＣＤを選んでいたあの日の私には、確かに家で私を待っている人がいた。

「ああ、もう時間もないのにお母さんにおみやげを選ばなくちゃ、どうしよう！」

失くしてみるとよくわかる、それが家族がいるという幸せの、本質なのだ。

昔は母とよく旅をしたけれど、母が入退院をくりかえして体力が落ちてきたら、一緒に旅に出ることはなくなった。

それでも母は私が友だちとどこかに行ってくると「写真見せて。」と言って、まるで孫の写真でも見るみたいな顔で私のスマートフォンを眺めていた。ほんとうはうらやましく思ったり、起き上がって自分も一緒に行きたかっただろうに、そんなふうにずっと親であろうとしてくれた。

それに応えようとして私も心をこめておみやげを選んだのだ。

おみやげの選び方ひとつで母の寿命が延びるんじゃないかくらいの真剣さで。

それもまた幸福というもののひとつの顔だ。

私の父と母は私が幼い頃に離婚していて、母は父によほどの用事がなければ会いたがらなかったので、私だけが父とたまに食事をした。そうしてくれるとほっとすると母が言っていたこともあったし、決して父のことを憎んではいなかったのだろう。

父とはふだん行かないようなちょっと気取ったイタリアンだのフレンチだののレストランに行って、お互いの近況を話して、そのレストランで出てきた食べものについて笑顔で話して、それにまつわるお互いのエピソードを話した。……この間、半熟卵作ったら失敗して、サラダの上に黄身をぶちまけちゃったの。俺はアメリカ出張に行って、着いた日にいっしょに食事するはずだった人がインフルエンザで倒れたから、ひとりでホテルのレストランに行って、時差ぼけで頼んだらグラスワインを頼んだはずがよく値段も見てなかったから、ほら、老眼鏡持ってないと暗いところでは字が見えないんだよね、それでボトルでワインが出てきて、しょうがないからひとりでがんばってほとんど飲んだんだ、とか。

高いお店でごちそうしてもらっているから、たとえ苦手なものが出てきてもなにも言わないで飲み込むようにいただいて。

そんなふうにお互いが今どんなに遠いところにいるか、自分たちの関係がどれだけ親しみのない、取り返しのつかないものかということをしみじみと確認しあって、それでも深いところで嫌いあっていないことにすがりつくような気持ちを持ち寄って、しっかりおこづかいをもらって、お母さんになにか買ってやってと言われて、血の繋(つな)がった手と手で握手して別れる。

好きな時間でも嫌いな時間でもない、少し目の前が暗くなって早く家に帰りたいなと思ってしまうような、そんな時間を過ごすのが、父と私の関係だった。

だから、母が亡くなったからといって、もう別の女性と結婚してお子さんもいる父の元に私が行く可能性は全くなかった。

実の親がいるのに行き場がないなんて少しだけ淋しい感じがしたけれど、私はもう大人で、あの人はもう別の家のお父さんなんだと心から思っていた。

東京にいるときは、友だちと一緒だろうがひとりだろうが関係なく、母と行った全ての場所に行くたびに涙が止まらず、何を見ても母を思い出した。まるで恋している人のように母のことばかりを考えていた。

台湾であれば母との思い出はおみやげを選んだことやホテルから毎朝電話をしたことくらいしかない。それが私をほっとさせるかもしれない、そう思った。

しかし考えが甘かった。

台北は大都会になってきているけれど、ちょっとした路地や人々の素朴な優しさや露店が並ぶ雰囲気がまるで私が小さな頃の日本のようだった。必然的に私は母と二人で過ごした子ども時代のことを、ただ歩いているだけでいやというほど思い出すことになった。でもそれは思ったよりも悲しい感じではなく、自分がいい思い出を持っているという幸せを、目に涙を浮かべながら、綿菓子を食べるみたいにふわふわと確認する、少し甘い感じだった。

奮発して泊まった五つ星のホテルのロビーに飾ってあった、おっとりした仏像の顔が母によく似ていたことから、すでに少し涙をにじませていた私……は出かける気力を失った。なのでホテルの中で売っていたパンを買ってお腹の空きをごまかした。

そしてラウンジでワインを一杯だけ飲んで、お通しでついてきたナッツを食べ、部屋に戻った。それからはただひたすらにぐっすりと寝た。シャワーをちゃんと浴びたかどうかをあまり覚えていないくらい眠かった。

ラウンジでは常にまわりからざわざわと異国の言葉が聞こえてきた、そんな場所だからこそ久しぶりに眠気がしっかりやってきたのだろう。眠気は母のことではりつめた私の神経の中に細かくしみこんで潜んでいたみたいに思えた。それらがじわっと浮き上がって表面に出てきた感じだ。真っ白いホテルの部屋にあるのは、自分の家にひとりでいたら決して味わえないタイプの都会的な孤独だった。

私は今、母の魂をモバイルな母としていっしょに持ち歩いている、そう感じていた。家に母のつらそうな肉体があったころとは全く違う。だから後ろ髪ひかれることもなく飛行機に乗れて、そのまま自分の心身が軽くなって、薄くなりすぎて空気に溶けて消えてしまいそうだった。

ホテルの分厚いカーテンは私を外界の切なくきらめき、そしてまぶしすぎる生命の光から守ってくれた。

家にいると、夜中に母のトイレを介助しなくちゃ、と未だに目が覚めてぱっと起き上がってしまう。そしてだれもいない家の中でちょっとだけ泣く。吐きすぎて胃液しか出てこなくなった人みたいに、私の目からは涙がもうあまり出てこなくなった。

とにかく、その日の私はまるで死んだように夢も見ないで深く眠った。見知らぬ街の見知らぬ部屋が、私を過去の全てから切り離してくれた。

そのことに感謝を感じずにはおれなかった。

私の感情はまだ小さくしか動かず（大きく動くとついつい悲しいこともたくさん考えてしまうので、省エネルギーモードで動くように、自然となってしまっていたのだ）、小さい感謝はおいしいふりかけのように私の心全体にぱらぱらと散った。

朝、カーテンを開けて、鈍い光に包まれた台北のごちゃごちゃした街並みと遠くに見える台北１０１のとんがった姿を見たとき、いつにも増して「お母さんはもういないんだなあ」としみじみ思った。

「だから私がひとりでこんなところにいることができているんだものなあ」と。

このところの自分はお母さんの最後の命にしがみつくように生きてきたから、体の力がうまく抜けなくてのびのびとするのがこわかったけれど、母が亡くなってから初めて力を抜くことができた。

体も心もぽかんとしていた。まるで海岸の砂にぺたりと座って目の前の海を見ているような気持ちだった。次に大きな波が来たら立ち上がろう、あ、来ちゃった、じゃあその次……。そう言いながらいつの間にか何時間も過ぎてしまう、そんな感じ。

前に友だちと観光旅行に来て登った台北101のてっぺんで景色を写真に撮ったとき、母にすぐ送ったのを覚えていた。母は生きていたからこそ即座に「そんな高いところに登って大丈夫？　そこって混んでる？」という間抜けたコメントを返してきた。

私「大丈夫だよ、夜景がきれいだし、人が大勢いる」

母「あとで小籠包の写真も送ってください」

幸せなやりとり、生きている者同士、肉体があって、同じ時間軸の中に存在していて、ほんとうにはわかりあえないのにとにかく気持ちを伝えようといつも一生懸命で。それが人間同士のはかないつながり。

もう私にはいつでも私のメッセージを待っていてくれる人はいなかった。

私はまだ三十歳。でも、そのことを忘れてしまいそうだった。母を看取っているあいだは、自分が赤ちゃんになったり母の母になったり、いっしょに死んでいくもうなにも残っていない老婆のように思えたり、自分のほんとうの年齢や顔や姿を忘れてしまいそうだった。

そしてこれからはひとり。

今、私の時間は私のものだ、いつか赤ちゃんを育てる日までは、全部私だけのもの。そんなふうに思っても少しも嬉しくはなかった。それよりもお母さんに会いたい。少しでも嬉しく思えたらいいのに！

そう思って深呼吸をしたら、少しだけ開けた窓から入ってきた生ぬるい気持ちのよい風から、南国特有の匂いがした。街の熱気、雑多なものが混じったほこりっぽい匂い、それからむわっとする濃い緑の匂い、ほんのり甘い果物のような匂い。

ライブハウスのマネージメントの仕事をずっとしていたのだが、母の看病のために去年辞めた。

　私が勤めていた会社は複数の街で数軒のライブハウスを経営しており、いつでも現場で働く人が足りなかった。もしかしたら戻れるかもしれないし戻ろうという気持ちもあるけれど、まだ考えたくなかった。しばらく無職でいられたらな、そう思っていた。

　母の服や小物や手紙を片づけながら、人にも会わず、どれだけつらくてもいいから静かに泣いていたかった。

　まあきれい好きでものが少ないお母さんだったからこそ、そんなことを言っていられるのだろう。それはわかっていたし、すごくありがたかった。これが片づけられない女の遺品だったら、涙どころか怒りが湧いてきただろうと思う。もしかしたらそのほうが気がまぎれたかもしれないが。

　母は動くことができた最後の時期、毎日意識的にものを減らしていっていた。私はそれを目の当たりにしながら、気持ちを逃していた。なんの準備なのか聞きたくなかったし考えたくなかった。

「あまり体が動かないから、これからも動きやすいように整理しているのよ。」

と母はいつもの優しい嘘をついたが、整理しながら過去を懐かしみ、ひとつひとつの思い出を抱きしめているような真剣なまなざしでその覚悟はすぐわかった。

「ちづちゃん、あなたがいたことが私の人生だった。あなたは私の人生そのものだったの。こんなこと言われたら重いかもしれないけれど、あの日私から産まれたあなたと出会って、育てて、毎日話して、泣いたり怒ったり、離れたときはすぐにあなたにまた会うことがいつでも楽しみで、あなたが生きているだけで誇らしくて、あなたはほんとうにお気に入りの人に成長して、今思うとあなたを愛したことが私の人生の全部だった。あなたがいなかったら私は何も知らないで死んでいくところだった。そのくらい毎日、毎日嬉しかった。好きな人と暮らせたことを、神様に感謝してる。こうしてものを片づけていると、私の人生のすばらしかったことのほとんどがあなたであることがわかる。すばらしい人に育ってくれてありがとう。」

片づけながら改めてそう言われたことが遺言だったと思う。

うっとうしいよ、気持ち悪いよ、重いよ。もちろんそう思った。

私は小さい頃から知っていた。母が私を愛していて、あてにしていて、会いたがって、なにをしていてもどこにいても私中心だったことを。

でも、そこには重さだけではなくて、とても美しくて軽いものも確かにあったのだ。

ちょうど鳥の羽みたいに、ふわふわ飛んでいて、完璧な造形で、見とれるようなもの。羽衣のようなオーロラのようなもの。

自由に風に乗る、余裕のあるもの。

上澄みのようなそこにこそ母の本質があった。

大事なものはひとつにまとめ、衣類はどんどん整理して、きれいなものはクリーニングに出して私に残し。そうして母の最後の日々は過ぎていった。

父が事業に成功していることはとてもありがたかった。その成功が両親を離婚させもしたのだろうが、彼の経済的援助がなかったら、私は母を無心でこころおきなく看病できなかっただろう。

とにかく全ては終わってしまったのだ、こうなってしまったらしかたがない。

知らない街、新しい朝、少し南寄りの国特有の穏やかな光。

私はここから歩いていくんだ、と思った。

気分は沈んでいなかった。沈むほどの力さえまだなかったと言える。生まれたてのひなのように弱々しい気持ちではあったが、冷蔵庫に入れておいたミネラルウォーターをちびちびと飲んでいるうちにだんだん落ち着いて、お腹に力が戻ってきた。そして生きていることが楽しいとほんの少しだけ思えてきた。そんなふうに思えるのも久しぶりだった。母を看取るという死の色のコンタクトレンズをやっと外したようだった。だから世界がみんな新しく見えるのだ。勢いよく輝いているのではない。しみじみと美しい色彩がしみてくる感じだった。

マサミチがせっかく台北にいるんだからライブ前にランチくらいはしようよ、と言ってくれたので、街中の小籠包屋さんにいっしょに行くことになった。

最近人気のあるこじゃれた雑貨店がたくさんある富錦街（フージンジェ）というエリア

にある老舗の店で、並びには有名なチェーン店のタピオカ屋さんがあった。

台北の街並みにはまるで南の島のように緑が多い。ほとんどの道はやたらに広く見晴らしがいい。椰子や蘇鉄やゴムの木があちこちにあって、そこにピンクの濃い色のブーゲンビリアが彩りを添えている。全ての植物の葉っぱの色は日本よりずっと濃かった。まだ夏の初めだというのに、強い陽ざしは真夏のようだった。ほこりっぽくて道の舗装が悪いのがマイナス点だけれど、おかげで旅行気分は高まった。

そんなふうにまわりを眺めながらタクシーでかけつけると、すでにマサミチと奥さんの「さっちゃん」はその簡素な店の丸椅子に座っていた。道から中が丸見えのお店で、テーブルは私が「ラーメン屋のテーブル」と呼んでいる表面がつるつるの脚が細い安っぽいものだった。テーブルクロスもぺらぺらのべたべたするビニール。しかし店は人がぎっしりの満席で、それぞれのテーブルの人たちがしゃべっているのがひとつになった大きな音やいくつもの小籠包をおやつのようにどんどん食べる人々の様子の勢いが店から溢れでてきそうだった。

「ごめんね、遅くなって。」

私は言った。

「俺らも今来たとこだよ。」

彼は笑顔で言った。さっちゃんはすらりと背が高いとてもきれいな子で、きゃしゃな耳に大きな花の形のイヤリングをしていた。結婚式で会ったきりだったから、私は彼女に笑顔であいさつをした。

私は遠い昔ちょっとだけマサミチとつきあっていた。さっちゃんはそのことを知っていたけれど、やきもちを焼く感じではなかった。もしかしたら押しこめているのかもしれないが、少なくとも母のお葬式に来たときも、このときも、真摯なお悔やみの言葉と真心がこもった態度で接してくれて、そういう繊細さが嬉しかった。今はがさつなものや嫉妬や過去の感情など、そういう力の強そうなものは全く受けつけない、そんなふうに思っていたからだ。

そのとき、

「どうも。」

そう言って突然に後ろからやってきたのが、シンシンだった。

はじめに述べたようなよく鍛えられているがっちりした印象と、背も何もかも大きくてなんだかこわそうな人だなあという感じがあった。

彼は入り口のところのショーケースにある、選べる小皿料理をその大きな手の平に乗せていくつか持ってきていた。青菜の炒めと、なますみたいなものと、甘辛そうな練り物の煮物。

「はじめまして、光岡(みつおか)ちづみといいます。」

私は挨拶をした。

「シンシンです。本名は田川真吾(たがわしんご)と言いますが、みなシンシンと呼びます。」

彼の少し鼻にかかったよく響く声は印象的だった。伊達めがねをかけていて、首がすごく太かった。

「シンシンは、さっちゃんの友人。お父さんが日本人でお母さんが台湾人なんだ。今夜ライブにも来るって。ちづちゃんひとりだから、よかったら一緒に来たらと思って。」

マサミチが言った。

「私、前職を辞めたとき、台北に三ヶ月だけ語学留学したことがあるんです。そのときによく遊んでもらったんです。シンシンとその彼女に。」

さっちゃんは言った。

「残念ながら彼女とは別れちゃったけど。」

シンシンは笑った。

「それからシンシンのお母さんは、台湾で有名なモデルさんで女優さんだったんだよ。今も女優さんとして活動しているんだ。」

マサミチは言い、その名前を教えてくれた。知らなかったけれど、あとで検索して見てみよう、と私は思ってメモを取った。

「ふだんは台湾にお住まいなんですか？」

私はたずねた。

「国籍は二つ持っていまして、しかし両親が離婚して、僕はお父さんと日本に住んでいます。東京の渋谷区。こちらには仕事もあるし、たまにこうしてお母さんに会いに帰って来るんです。泊めてもらってもほとんど彼女は留守です、忙しいから。でも自由に泊まらせてもらえる。たまに会えば一緒にごはんを食べたりします。僕は小さいころこっちにいたので、台北は大好きです。いつまでたってもあまり日本語がなめらかにならなくて、少し説明っぽいと言われます。」

シンシンは言った。

私はとても背が小さい。

そしてシンシンは普通の人よりも大きかったので、ちょっと会話をするのでも、真横に座ったシンシンを見上げる形になった。それは首が痛いほどの角度だった。

そのとき小籠包がやってきて、私たちはひたすらに食べることに集中し始めた。お母さんの好きだった小籠包だ。私は母に見せるようなつもりで写真に撮った。もう送るあてのない写真を。

シンシンの食べ方は見た目のワイルドさに反して、とても上品だった。イメージとしてはまるでまんがに出てくる豪傑みたいに、どんなに熱くても手でつまんでひょいひょい食べそうだったのだ。しかし実際の彼はお箸とれんげを使って、ていねいに食べていた。

きっと家柄がいいのだろうと思った。もしかしたら路上に面した丸椅子だけのこういう庶民的なお店には、もともとはあまり来ない人生だったのではないかと。

よく観察したら彼の着ている服も有名なスポーツブランドのものばかりだったし、スニーカーも最新のものだった。

小籠包は素朴ながらとてもおいしかった。ちっとも飾りのない地味な厨房(ちゅうぼう)で次々包まれ、あっという間にせいろで蒸されて運ばれ続けている。彼らが一日何個小籠包を包むのかと思うと、気が遠くなりそうだった。こんなすごい技術で作られた薄い皮の小籠包を東京で食べたらものすごい値段になる。しかしここでは信じられないくらい安い。いったい私たちはなににあんなにお金を払ってるのかな、と不思議に思った。東京の高い土地の場所代かな？

近所のおばさんたちや、昼休みの会社員や、工事現場で働いているような服装の人たちや、家族づれ。みんなが同じものをおいしそうに食べている眺めには私をほっとさせるものがあった。

私たちはその後、新しくできたお店の多い街をぶらぶら歩き、高価なブランドのお店に小さくくっついているカウンターだけの、今流行っているエアロプレス式で高級な豆で珈琲をいれてくれるお店で休憩した。

シンシンは大きすぎて高いスツールからもはみだしていたし、私は小さいから足をぶらぶらさせていた。

そんな私たちの様子を見比べて新婚カップルは笑っていた。

「小さいっていいね、ちづみさんのこと、僕は片手でひょいと持ち上げられそうだ。」

シンシンは私を見て微笑んだ。

そんな大胆なことを言っているのにあまり下品な感じではなかったので、私もついつい微笑んでしまった。

もしかしたらマサミチたちは、この旅の相棒として私にシンシンを紹介してくれようとしているのかなあと思った。あまり下卑た意味合いではなく、私が新婚さんに気をつかわないように。

マサミチの音楽にはそういう優しさがあった。ノイズ系のバンドではあるのだが、彼のメロディも歌詞もどこかナイーブなところがあった。

「マサミチの音楽は好き？」

私はシンシンにたずねた。マサミチと奥さんは、お店のほうに服を見に行っていたので、カウンターには座っていなかった。遠くで仲良く服を手にとっている新婚の彼らを見るのはとても幸せな気持ちだった。

お店の中にはきれいな光と若い売り子さんと清潔な棚とだれも着ていない新品でぴかぴかの服しかなかったので、この世の中はこんなところであると錯覚してしまいそうだった。人の死も垂れ流される尿も汚く垢が入って伸びる爪もない、そんなふうに。

人々にそんな錯覚をさせたくて存在しているのが、こういうお店だということでもある気がした。

遠い昔に来た台湾は、屋台とごみごみした街並みしかない印象だった。今はずいぶん変わっている。でも人の営みは全く変わっていない。生まれて生きてだんだん死んでいくその間の道の途中をみなが歩いている。

「はじめはギターがかっこいいバンドだなと思って、激しいノイズがあると我を忘れて踊って発散できるからそこに興味を持ったんだけど、何回か聞いていたら歌詞がいいとわかってきた。マサミチの優しさというか詩人のような感覚がよく出ていると思う。彼はとても才能がある。」

シンシンは言った。

「私もそう思う。いろいろな国にファンがいるのがわかる。」

私は言った。

「ちづみさんの爪、なにそれ、うそみたい。すごく小さいなあ。それ、ほんとうに使えるの？」

シンシンは私の爪を指差して笑った。

「この小さい爪は私の爪のコンプレックスなんだから。もっと縦長の指に生まれてきて、ネイルをたっぷりやりたかったのに。小さすぎて、自分で塗ることしかできない。その面積もとっても少ない。だいたい、使うってなに？　プルタブを引っ張るとか？」

私は言った。

「壁を登るとか、かゆいところをかくとか。なんかもう、君はほんとうに小さいねずみみたいな生き物だね。」

シンシンは言った。

「失礼しちゃうわね、ちゃんと人間としてなんでもできるわよ。」

私は言った。

この小さい爪にきれいな色を塗る時間の余裕ができたのは最近だった。母の体を傷つけないように触れるためにいつも短く切っていたので、小さい爪がますます小さくなった。私は爪を見た。よくがんばった、ちゃんと役立っていたよ、ありがとう。伸び続けてくれて。そして、いつかもう伸びなくなってしまう日が来るんだね。そのことを私は忘れちゃいけないね。

私は母の爪を切るのが嫌いだった。痛くしてしまいそうでこわいし、母の爪には縦に線が入っていてしなびた感じになっているのもこわかったし、爪に汚れがあるとなぜか下の世話以上に気になった。でも今思い返すと、母の手をていねいに拭いて、自分の膝の上に置いて、爪を切っていくあの行為の中で、私を信頼してちんまりとおとなしくしていた母が愛おしくてしかたない。

「僕ね、小さいころ、母が家にいないことが多くて、お手伝いさんがいつも見てくれていたんだけれど、そのナニーは日本語ができて、いつも僕にある絵本を読んでくれたんだ。もともとアメリカの作家の絵本なんだけれど、日本語で読んだから日本語で覚えている。

とても有名な絵本だよ。マリーという女の子の家の中の、壁の向こうに全く同じ家族構成の小さなねずみの女の子の家があって、主人公の女の子と全く同じように学校に行ったりごはんを食べたりして暮らしていて、あるときお互いにフォークとスプーンを落として小さな穴越しにばったり出会って友だちになるんだ。そしてお互いに巣立って、やがてその子どもどうしがまた出会う。それだけのことなんだけれど、とにかく絵がよくてね、見ているだけで淋しいことをみんな忘れてしまう。

ナニーは近所に住んでいるおばあちゃんだったから、夜になると自分の家に帰ってしまったんだよね。もちろん連絡先も教えてくれたし、なにかあったらすぐ電話してって言われていたけれど、ただこわいとか淋しいとかだけでは電話をするわけにもいかないから、だんだん慣れて大丈夫になっていったんだけれど、ひとりでこわくて眠れない夜には、天井裏を走っていたねずみを友だちだと思ってやりすごしたんだよ。立派だったけれど古い家だったからねずみもいたんだろう。僕は生き物の気配があるのが、たとえねずみでも嬉しかったんだ。きっと壁の向こうには僕と同じような年齢のねずみの子どもが家族で仲良く暮らしているんだ、だから淋しくない。そう思おうとした。」

「じゃあ、シンシンさんにとってねずみの印象は悪くはないのね。それを聞いてほっとしたわ。」

私は言った。

「むしろ、すごくいいんだよ。きっとねずみのうちではみんなそろってディナーをしているんだとか、子ねずみはお母さんといっしょに寝ているのかな、とか思っていたら、だれかといっしょにいるみたいで淋しくなくなった。あの夜に想像したかわいい子ねずみの姿が、今の僕を作っているような感じがあるんだ。そのくらい、動きのある生き物が家でいっしょに暮らしているっていうことが僕を支えていた。駆除されちゃうといけないから、ねずみがいるなんて絶対母に言わなかったよ。」

シンシンは笑顔で言った。遠くの美しいものを想っているみたいな笑顔で。

「だからもし僕に子どもができたら、夜中には絶対るすにしないか、ねずみがいる家に住むよ！」

「ほんとうに淋しかったんだね。」

私はそう言った。自分以外のものがたてる物音にすがりつくような幼い彼を想像した。

口説いているだけかもしれない、作り話かもしれない、と何回も思ったけれど、彼の目の中にある光は淡々とした真実以外のなにものも語っていなかった。

四人でずっとその街をぶらぶらして、雑貨を見たり、私とさっちゃんがいろいろな服を試着したり買ったり、マサミチが旅先で着るTシャツを選んだりして、長閑(のどか)な午後を過ごした。

夕方近くなるとマサミチはリハーサルがあると言ってさっちゃんといっしょにライブハウスに向かって行った。

あとからふたりで行くね、と言って、私とシンシンはふたりきりになった。

だだっ広い道の真ん中で、マサミチたちの乗るタクシーに手を振って。

そのとき、遠ざかっていくタクシーを見ながら、心細さのようなものといっしょに甘い風が吹いたのをよく覚えている。

となりにいるこのたくましくて頼もしそうな人以外は、今私にはなんにもない。

ホテルに帰れば気に入った服や小物や化粧品が私を待っている。

でもそれはほんとうにそのときどきの、吹けば飛ぶようなおつきあいのものたちで、人生全体を考えたらなにもない。

私は今ほんとうに手ぶらで、行くところがあるふりや、やることがあるようなふりをしているだけなのだ。

この日が来るのがずっとこわかった。

こわくてこわくて眠れなかった夜がたくさんあった。でもいざこうなってしまうと、自分が透けそうに薄く感じられるだけで、こわくも悲しくもない。

でもシンシンの肌の熱さをそばで感じるたびに思った。

「この人のことをよく知らないのに、こんなに気を許していいのだろうか？」

失うものがないということがなぜか安心につながっていた。もう死は私に追いついてこない。皮肉なことに、母の死によって、夢の中でも逃げられない、ひとりぼっちになる恐怖から私はやっと解放された。

「君のそのねずみみたいな小ささにものすごく惹きつけられていると言ったら、早急すぎて失礼にあたるだろうか。」

今にも崩れそうなくらい古い、蔦のからまる茶藝館の大部屋でお茶を飲みながら、シンシンはいきなりそう言った。

目の前には湧き続けるお湯と、お茶うけの烏龍茶に漬けた梅と、ひまわりの種。何回もお茶を淹れて、小さいカップで香りを嗅いで、もうひとつの小さいお茶碗で飲む。

「あなたが思っているのと違う意味で失礼な気はするんだけど。だいたい、私、あなたのこと何も知らないし。」

私はちょっと嬉しい気持ちで微笑んだ。

「なんだかその小ささがたまらなくて。むずむずするんだ。手を握りたいとか、抱きしめたいとか、もっと言うとその小さな服を脱がせたりしたいって思ってしまった。でも、僕のことを誤解しないでほしい。僕はこんなことを初対面の女性に言うような人間じゃないんだ。さっちゃんに聞いてみてください。」

真顔でそんなことを言うので、頬が赤くなるのがわかった。まっすぐに私の目を見ながらそんなことを言うなんて、変わっている。彼の大きな手が私の小さな手をそっと包んだ。

「そんなこと言われたって、くどいてるようにしか思えないからね。小さい女性に出会ったら、みんなにそう言ってるんでしょって。」

私は言った。私の胸は少しどきどきしていた。だれかに欲情されるのなんて久しぶりのことだった。自分までだんだん起きられなくなって死んでしまったような、そのくらい必死に母についていたのだから。お風呂に入っては思いのほか生々しい自分の肌にいちいちびっくりするくらいに、気持ちは老けこんでいた。

「信じてもらうには時間がかかるかもね。でも、ただ性的な対象として見ているというのとは、全然違うんだ。もっと根源的な気持ちなんだ。小さいときから夢見ていたことみたいな。たとえば君がその小さな小さな手で、大きなお茶碗でお茶を飲んでいる。それだけで僕の頭の中には僕の心の中の友だちであった子ねずみが浮かんでくるんだ。」

シンシンは笑った。

彼の手の中の私の手は欲情もしていなかったけれど、嫌がってもいなかった。ほっと安心するような乾いた温かい手だった。木の肌に手を当てているみたいな。それから日当たりのいい船のデッキで、温まった手すりを触っているみたいな。

「気を取り直して、タピオカにヤクルトだのプリンだの入ってるやつ買いに行かない？」

シンシンはそっと握った手を、同じくらいそっと離しながら言った。彼の頬も赤くなっていた。

ほんとうにこういうことをしそうでしない人なのかもしれないな、と私は思った。もしかしたら騙されはじめているだけなのかもしれないけれど。

マサミチはお金持ちの家の息子だし、さっちゃんもそうだ。きっと台北にいても財閥とかお金持ちのお友だちが多いのだろう、そう思った。だから遊んでいる人はいるかもしれないけれど、下品だったり度をこして遊んでいる人はあまりいないように思えた。だからってシンシンを信じてもいいのだろうか？

手を取り合ってふたりとも赤くなっているなんて、なんだか微笑ましかった。

外に出ると空は薄青で、生温かいけれどさわやかな風が街を渡っていく。濃い色の街路樹の葉が薄暗く古くひび割れたグレーの建物たちによく映える。

「その飲み物って、初めて知ったけれど、おいしいの？」

私はたずねた。

「台湾にあって日本にないものだというのは確かなんだけれど。」

考え込むときに眉間に少ししわを寄せるその様子を、私の目がだんだん親しいものとして覚えてきた。

彼が含まれているその場面が、私の人生の中で全く新しい風景だというだけでよかったのだ。

風がふっと吹くように、私は清々しかった。

いろいろ構えていたことがばかばかしくなって、吹っ切れてしまった。

私が母を看取ったからでもなく、母子家庭で育ったからでもなく、仕事をがんばったからでもなく、いい人そうだからでもなく、美人だからでもなく、ただただ「小さくて」「子ねずみみたいだから」好きになりそうって、もう、お手上げだ。誰にもどうにもできない。

だからこそ何もがんばらなくていいというか、がんばりようがない、よく見せる必要もない、それがあっけらかんとしていて気持ちよかった。

母がいなくなってから加わったものは、ひとりぼっちの自宅のがらんどうな感じと、台湾のホテルの窓からの景色。それからシンシンのそんな表情。

もうこれが恋愛ごっこでもかまわない。新しい設定の中に自分がいるだけでもかまわない、そんな気分だった。

東京に帰ったらもう全てが消えてしまったとしても（きっと消えてしまうのだろう）。

こっちだってこう思ってやる、そうだ、この男の人の肩幅が大きいっていうだけでいい。

今いのししが襲ってきたら倒してくれそうな（実際に倒してくれなくてもいい）体格だっていうだけでいい。大きな木に寄り添っていたい、そんな気持ちだから。

こんなふうに心もとなく、自分もふっと消えてしまいそうな期間がそんなに長く続かないというのはわかっている。人を亡くした悲しみは癒えることはなくても、五年後には薄らいですっかり別の形に変わっていることも。そのときには別に大きな木は必要ない。自分が大きな木になっている可能性さえある。

でも今は……。

人格なんか見てくれないことが気持ちいい。そんな気分だった。

・

シンシンおすすめのプリンの入ったミルクティはとてもおいしかった。ストローで飲むのがなんとも不思議だったけれど、ゼリーのような感触で暑い気候によく合う。

シンシンはナタデココが入ったジュースを頼んでいた。彼の大きな手に包まれるとプラスチックのカップが小さく見えた。

包まれてみたいと思わないと言ったら嘘になる。

看病と洗濯と掃除と、人をベッドから起こす行為と、病院の送り迎えや待ち時間と。そんな中で私の性欲は風船みたいに小さく小さくしぼんで、もう元の大きさが決して思い出せないほどだった。昔はぱんぱんにふくらんでツヤツヤしていたのに。

しかし、そのときその感覚は空想と共に急ににゅっとふくらんでよみがえってきた。温かい空気がそうさせたのかもしれなかった。

彼は私をホテルまでタクシーで送ってくれた。タクシーの中ではふたりとも急に少し緊張していたけれど、しゃべる彼の横顔の向こうに流れていく台北の街は新鮮に見えていた。彼といると急に住んでいる人の視点で街を眺めることができるようになった。古いビルと新しいビル。広すぎる車道。漢字と英語の入り混じった様。人々は東京よりも少しゆっくりと街を歩いていく。

ホテルにタクシーが着いたとき、彼はさっと支払いをしてくれた。私はさいふを出したが固辞された。そういうときの仕草でわかることはたくさんある。それは私の好きな感じだった。男だから払うということではなくて、ここは僕の地元だからね、という感じ。

もしかしたら部屋に上がりたいと言い出すのではないかと警戒したが、

ロビーに入ったら彼が急にちょっと恥ずかしそうに冷たくなったので、ああ、そういう誤解をされたくないんだなとわかった。

そして彼はそっけなく「ライブは八時からで、クラブのオープンが七時だから、六時くらいに迎えに来る。」と言って、片手を上げて回転ドアの向こうにすっと去って行った。

ロビーから外に出て行くシンシンのシルエットは熊のように大きく真っ黒で、外の光り輝く世界とロビーの暗さが対照的に見えた。目が慣ればロビーの暗さもすぐ明るく変わると思いながらも、私は彼のシルエットのことをずっと考えていた。

恋はしていない。それはわかった。冷静で、すでに初対面の人と二人でいることにちょっと疲れていた。

でも、なぜ彼のことをこんなふうに、命綱みたいに思うのだろう。

外国だから？　そうかもしれない。

でも、私はふだん一人旅をしたらスマートフォンのマップを見ながら、さくさく目的地にたどりつくタイプだ。友だちのライブに行くならなおさら。

ただわけもなく彼の大きさと私の小ささが、惹かれあっているのだ。これはもうほんとうにシンシンの言う通りなのだと思った。

部屋でぼんやり休んでいた私は、自分の中の何かが少しだけ回復しているのがわかった。ねずみ呼ばわりされたのに、自分の知らない自分の新しい良いところを見つけたような、そんなくすぐったい気持ち。

窓の外は変わらずぼんやりとくすんだアジア特有の午後だった。夕方、みんなが少しだけ疲れる時間の靄（もや）みたいなものが街を覆っていた。

私もちょっと目を閉じたくて、ふとんはかけずにベッドカバーの上に横になった。

私の人生のほうは、お母さんだけじゃなかったんだけどな。と私は思った。

なにをしていても、お母さんのことばっかり思い出す。

「私の宝物ちゃん、小さなお姫様。大好きな子。なんで子どもってこんなにかわいいんでしょう。」

小さいときの母の声がよみがえってきた。

ママがおまえを好きすぎるから、俺は淋しくて浮気しちゃったんだ、とよく父は言う。それはあながち嘘ではなかったかもな、と思った。


私は私を信頼できない人に渡してはいけない、母にこんなにだいじにされているのだから、だいじにしてくれない人には触らせてはいけない。その代わりにもしも私のいちばんだいじにしているのと同じものをだいじにしている人を見つけたなら、その人の言うことは受け入れて大きくなっていこう。たとえ世界が違っても、男女の差で全然わからないことがあっても、浮気されても、ちゃんといやなものはいやと言いながら、距離をだいじにとりながら、なにかが生まれるスペースを決してつめることはせず、他人と他人のままで生きていきたい。

そのだいじにしているものを、ふたりの子どもといっしょに育てれば間違いはないはず。

ずっとそう思ってきたけれど、両親が離婚するときのもめかたや、離婚してからの現実の手続きのリアルすぎる様子を見たら自分の中で何かが終わってしまい、その理想はすでに遠く霞んで消えてしまっていた。

私が小さいころ、父も私を見るたびに言っていた。

「こんなかわいい生き物と暮らせるだけで、幸せだ。家に帰ってくると幸せだけが待ってる。」って。

寝ている私の顔をのぞきこんで、涙を流しているところだってうっすら覚えている。真っ暗な部屋の中、リビングの明るい光が逆光になって父の顔がよく見えなかったけれど、まるでお釈迦様の円光のように彼の幸せが光って見えた。

人の心はうつろうものだ。そんなことはどこにでも溢れている。私だけが特別にかわいくてふたりをつなぎとめることができるなんて、そんな傲慢なことは決して思ってはいなかった。

ただ、私にとっての世界の全てが壊れたことをよく覚えている。

「パパは当分ひとりで考えたいって。ここに住んでいるとちづちゃんがかわいすぎてわからなくなっちゃうって。だから逃げて行っちゃった。バカだね、私ったら荷造りを手伝ったりして。だって他にやることがなかったんだもの。それにもしものを投げつけたり、荷造りを止めたりしたら、きっと私は死ぬときに後悔するだろうと思ったの。ここはぐっとがまんして、いちばんいいふうにふるまって、自分の中にも相手にもいい思い出を残すしかない！って。」

母は父が出ていったあの日そう言った。彼女はそのとき十歳くらい老けて見えたし、服もよれよれだった。いつもは朝きちんと着替えているのにパジャマを着たままだった。

そんなことを思いながら学校から帰る道はいつもと違って見えた。なぜかぎゅっとゆがんで狭まって見えたのだ。自分の心臓の音や呼吸の音が聞こえてくるようだった。まるで水の中にいるように。

いつもの階段も、道端の大きな石も人の家の門も、みんなにじんでぎゅっと縮んで浮いて見えた。家に帰っても父がいないのはいつものことだった。夜中の三時に帰ってくるなんてざらだった。でももう帰ってこないとわかっているようなことはなかった。いつだって必ず帰ってきたのだ。

なぜか近所の家の犬だけが、いつもと同じに見えた。

私が通るといつものように塀の隙間から鼻を出してきて、なでると手をなめてくれた。いつもと同じ姿、狭まってもいないし、近すぎることもない。初めて私の心は落ち着いていった。

いちばん悲しいのはママなんだ、だから私はママのために落ち着いていなくてはいけない。ママのママになってあげなくてはいけない。

そのとき私は悟った。

人生には、例えば両親がまだ仲良くてみんなでハワイに行ったときのようなこともある。幼すぎてあまり覚えていないけれど、それは光と海と楽しさだけでできている思い出だった。海水でできた大きなプールの中にいたら、ちょうど今のように心臓の音や呼吸の音が聞こえて、母に「どうしてふだん聞こえないいろんな音が水の中だと聴こえるの？」とたずねた。

「それはね、水の中では音の伝わり方が違うからね。そしてちづちゃんが生きているってことだよ。ママのだいじなちづちゃんの心臓が動いているっていうことなんだよ。」と母は言った。そのときも青空を背景に母の姿は逆光で真っ黒で、それでもとてもきれいに微笑んでいるということがわかったのだ。

父は私に海亀を見せてくれた。水草を食べている海亀の姿を、私をいっしょにもぐらせて見せてくれた。父の痩せた肩、真っ黒く焼けて健康そうな腕。

プールサイドではドレスを着た母が写真を撮っていて、夢のような虹色のビーチサンダルを履いていた。

父はそんな母をまるで誇らしい宝物を見るような目で見ていた。ちょっとしたときに父が母にそっと触れたり、母が父の肩に頭を乗せたりするのを見るのが好きだった。

それはとても美しい光景で、あまりにも昔のことで今となってはところどころ古いフィルムのようにかすんだり途切れたりするけれど、光だけでできた思い出なのだ。

起きてから寝るまでひとつも不安のない、そんな旅を懐かしく思い出す。

そのときの世界は平和で、嵐も死もなかったから、私は子どもでいられた。

父が去ってから私は、ああいう完璧なときがあるのと同じように、まるで逆の、不安しかない日々もあるんだと、それが波みたいに寄せてはかえすのが人生だと悟ったのだ。

そしてそのように思って母の死を最大の不幸と捉えて構えていた。ところが、母を見送る、最低だったはずの日々の中でなぜか見つけた小さな幸せのきらめきや、想像を絶するほど大きな自由のかけらを見つけるにつけ、私は違う考えを持つようになった。

生きていること、私がいることそれ自体が、すでに平和そのものなのだ。嵐も死もない、怯えて将来に来るこわいことや楽しそうなことに接する必要はない。私はいつでも私だ、と。

母が遺体になって家に帰ってくるなんて、不安でしかたない、人生で最悪のそのときがひたすらこわいと私は思っていたけれど、腹をくっていたら全然大丈夫だった。

私は最後まで母のかわいい宝物で、そのことは変わらなかった。それだけでいい、そう思えた。

覚悟が決まっていると見えてくる景色はみな穏やかで、地の底か海の底か、そんなところから眺めているようだった。

私は、人生は禍福で編まれた縄ではなくめくるめく瞬間の連なりなのだと思うようになった。


それからシンシンのお母さんの名前を検索してみた。

スーさんだったか、チェンさんだったか……ニックネームもあったような。ジェシーとかアンとか……メモを見て画像を検索したら、信じられないくらいきれいな人が出てきた。手足がすらりと長くて、大人っぽい古典的なアジア美人の顔立ち。

モデルをしている姿、時代劇に出ている姿や、最近のインタビュー写真。いろいろな年齢の彼女が画面にずらりと並んだ。若いときの写真なんて、美しすぎてこの世のものとは思えないくらい妖艶で、風に溶けて消えてしまいそうなくらいはかなげだった。

たいへんなことだな、と私は思った。

こんな美しい人と比べたら、私のとりえは小さいことくらいだね！

と言って、ひとりベッドで笑った。

私がそんなリサーチをしていることも知らずに、シンシンは十八時にロビーにやってきた。

彼はお母さんと似ているということがよくわかった。目の感じやすらりとした腕のフォルム。

彼は昼間よりちょっと黒っぽい服装だったが、夜遊びっぽく崩れてはいなかった。

私はラメのたくさんついた紺のワンピースを着て、華やかな黄色のスニーカーを履いていた。ライブはオールスタンディングだし、疲れると思ったからだ。荷物も小さなビーズのバッグに入れて、我ながらまるで海外ではないような軽装だった。

エスコートしてくれる人がいるというのはそういう意味で楽なことなのだ。いくら安全な街であるとはいえ、知らない土地でひとりで出歩くとなるといろいろ気をつけなくてはいけないし荷物も多くなる。

シンシンを紹介して私をさりげなく守ってくれたマサミチに感謝の心を抱いた。私が働いていたライブハウスで彼がやってきた数々のライブ、その中で自然に培われた友情のことを、懐かしく思い出した。

母が比較的元気で、私はバリバリに働いていて、恋愛をしたりつい飲みすぎたり派手な服を買ったり、そんな時代は永遠に続くと思っていたが、今は全く違う世界に入っていた。でもマサミチは音楽を続けていて、ひよっこみたいだった彼らのバンドもいいバンドになっていっている。ものを創る人に対する尊敬の念が芽生える。私たちが音響に気を配ったり、お客さんを入れたり、掃除したり、飲み物を作ったり、スケジュールを決めたり、そういうひとつひとつのことが彼らの音楽を支え、それが伸びていく頼もしさがまだ続いているのが嬉しかった。仕事の喜びってそういうものだったなあ、と私は生々しく思い出していた。

私はマネージメント担当だったけれど、現場が好きだったしよく店に出ていたので、音楽の成長が子どもの成長のように確実になっていく様を感じるのが好きだったのだ。

道が混んでいると予想していたけれど、案外早くライブハウスについてしまった。

まだオープンしていなかったので、私たちはライブハウスの脇にある小さなバーに入った。

シンシンはお店の人といい調子であいさつをして、スペインのスパークリングワインをちゃんとしたグラスに入れて自ら持ってきた。おつまみには肉厚の良いオリーブも。スパークリングワインはよく冷えていて、気も抜けていなかった。

どれを取ってもライブハウスのバーにしては高価でいいものばかりだから、バーにだけ来る人も多いんだろうな、と元の職業柄ついじっくり観察してしまった。

「スツールに座るとほんと、子どもみたいだね。足が浮いちゃってて。さっきも言ったけど。いい光景だなあ。」

シンシンは私を見てけらけら笑った。

「それって、きっとほめてくれてるんだよね？　小さいからって言われても、おかしくておかしくて。しかもねずみみたいだからって言われてもさ、なんだか笑えてきちゃう。」

私はつられて笑いながら言った。

「僕、この間彼女にふられたとき真剣にそういうことを考えたんだけど、小さいから好き、見た目が好き、そういうのって、女の人が男と買い物に行ったり、ずっといっしょにいたいとか、お誕生日には花とプレゼントをくれるとか、そういう妄想とあまり変わらないんじゃないかなあ。女の人はそういうのが好きだよね。僕はそういうの母親で慣れてるから形ではよくできるんだけど、どうしても気持ちが入ってないのが相手にわかっちゃうというか、実はそういうことじゃないんだよなあっていうのが顔に出ちゃうらしい。」

「ああ、そうだね。恋人や夫を女友だちの代わりにしちゃう人は多いかもしれないね。」

私はしみじみと言った。私もそうだったと思う。でもあるときから悟った。男は男といるほうが楽しいし、彼女のようなものはただいるだけでいいのだ。好きだということと、たまに会えるというだけで。自分がすごく好きと感じるときだけで。でももっと大きな責任感のようなものを自分の恋人には持っていて、それが男の愛の深みなのだ。

「だからって愛してないわけじゃなかった。男というのはそんな単純なものじゃない。たとえばもしも君をひねりつぶそうと思ったら、それが物理的に不可能ではない。」

「ねずみみたいに？」

「そう、ねずみみたいにね。知り合ったばかりの人とこんなことを話すなんて自分も頭がどうにかしていると思うんだけれど、特にそれはセックスしているときに思うことなんだ。自分の腕の中で女の子が痛いような気持ちのいいような顔をしていて、自分のほうが圧倒的に力が強くて今すぐに相手を壊してしまえるということがわかっているからこそ、それをしない自分というものの中にこそ、相手に対する圧倒的な愛情の存在を感じる。めちゃくちゃにしてしまえるのに、絶対しない。それは、言い方はおかしいけれどお母さんが赤ちゃんを壊してしまわないのと、とてもよく似た感覚だと思う。それが男の愛というものなんだと思う。自分だけかもしれないけれど。」

「私には実感はできない。私は男でもないし自分の赤ちゃんをこの手に抱いたこともない。でもわかる気がする。少しだけだけど。」

「なんでこんなこと真剣に話してるんだろう。ほんとうに君としたいことはただいっしょにいて黙っていてなにかが変わるのをじっとふたりで見ることだけなのに。」

「ほんとだね、知り合ったばかりの独身の男女が抽象的なことを語り合うほど、いろんな意味でもったいないことはないよ。でも、私もうほんとうに今、欲が少なくって。ほんとにごめんなさい。昔は野獣みたいだったときもあるのになあ。今はもう食欲さえなくって、さっき食べた小籠包とタピオカ屋さんのプリンが久しぶりに味を感じたものなの。最近食べ物をひとりで食べても味を感じないから、食べなくなってしまって。体重が先月だけで十キロくらい減っちゃって、小さいのがますます小さくなっちゃった。いや、決して自己憐憫ではなくって、単なる事実なのよ。知り合うのが今じゃなかったらよかったのになあって心から思ってるの。違う目で、そう、もっと元気で明るい目であなたのいる風景を見たかったなあ。」

「きっと今会うのがよかったんだと思うよ。神様はそうやってなにか小さい楽しいことを、がんばった君にくれてるのかも。僕自身が君の小さい楽しいことだって言ってるわけじゃないよ。ライブとか、この街全体とか、エスコートする僕がいることとか、そういう全体のこと。

たとえ僕がそんなに君の好みでなくても、せめてこのバーの雰囲気や飲み物はゆっくり楽しんでもらえるでしょ。君は今お母さんを亡くしてとてもフラジャイルな状態にあって、ちょっとやけくそになっている大人の女性で、例えば本気で君を口説いて、部屋に行ってこれからマサミチのライブにも行かないで明け方まで何回でも抱き合うこともできるだろうと思う。

それを思うとごくんとなる自分がいないと言ったらうそになるよ。でもただでさえフラジャイルな状態な上に優しく義理堅い君みたいな人が、友だちのライブに行かないでそんなことをして、僕と寝たことがなんだかちょっと後味の悪い思い出になって、ますます繊細な壊れやすい気持ちになったりしたら、僕はなんというか、いやなんだ。そういう感じがどうしてもあまり好きにはなれない。いいことあったな、得したなって思えないたちなんだ。それはきっと僕のお母さんもとても繊細な人だからだと思う。

君が元気いっぱいに動き回るねずみだったら、また話は違うよ。お互いの力をぶつけあってかけひきをして、笑いあって、夜を過ごして、マサミチにはライブをすっぽかしてごめんよって電話するだろうと思う。マサミチだって笑って許してくれるだろう。

でも実際今現在そういう状態じゃないんだから、そうじゃない時間を味わおうじゃないか。

僕は自分の歳とったおじいさんを看取ったことがあるから知っているよ。人が死んだ後って、あまりにも生々しい排泄物や管や汚れたシーツや、そういうのに触りすぎてるから、そしてそういうのがなくなってきれいになったときには、ほんとうにいなくなっちゃうものだから、それもきつい。だからきっとしばらくは布ごしの温かくて清潔で自分にインパクトを与えないふれあいだけが必要なんだ。」

この人のことは別に牽制しなくてもいい、と私は思った。

さっきから言葉を費やして私たちがしている裏の会話はそういうものだった。気があるの？　でも今はその気にならないよ。いやいや、わかってる。今はそんなことしないから。

そんなたわいない会話。男と女のよくある会話。演歌よりも演歌だし定型すぎる。私たちはこの世にたったひとりずつしかいないのに、そんなつまんないことを話していてばかみたい。

でも、人が意志を持ってそっとしておいてくれるということに、こんなに安心したことはない。たとえ今夜いっしょに寝たいという気持ちがお互いにあったとしてもそっとしておいてくれるなんて。


そのとき急に、遊び人っぽい濃いお化粧の、でも二十代前半くらいの若い女の子がさっと私たちの席に寄ってきたので私はぎょっとしてちょっとバッグを引き寄せた。

でも彼女がまっすぐにシンシンを見ていたので、ああ、知り合いかとほっとした。

「シンシンさんですか？　握手してもらっていいですか？　ごめんなさい。プライベートなときに。」

彼女は言った。目がハート型になっているように見えた。

「そうだけど、恥ずかしいよ。芸能人じゃないんだから、今はもう。」

シンシンはほんとうに恥ずかしそうに言って手を差し出した。彼女は

その手を両手にしっかりと包んで、

「あの映画の大ファンでした。いっしょに写真を撮ってもらってもいいですか？」

彼女は言った。

「いいけど、僕、ほんとうに、もうなにも活動してないから。どこにも載せないでね。」

彼は淡々と言った。きっとほんとうにいやなんだろうなあと思った。

「いいんです、私だけの記念にしますから。」

彼女は食い下がり、シンシンはやっと心をこめて「覚えていてくれてありがとう。」と言った。

私が「撮ってあげる。」と言って、彼女のスマートフォンでシンシンといっしょに写真を撮ってあげた。

彼女はほんとうに嬉しそうに微笑み、顔はゆでダコみたいに赤くなっていて、とてもいい写真が撮れた。

「三回だけ、母といっしょにシリーズ物の映画に出たことがあるんだ。

十代のとき。もっとやせっぽちだった頃。」

彼女が去ってからシンシンは言った。

「あまりにも女の子みたいとかお母さんに似てるって言われ続けて、いやになって鍛えたんだよね。」

「うわあ、そのかわいかったときが見たいなあ。シンシン、今はなにをしてるの？」

私はたずねた。

「実はここもそうなんだけれど、こちらの友だちといっしょにライブハウスに入っているバーの共同経営をしている。このほかにも数軒あるんだよ。これは僕の自慢できるところ。チケットで換えられる安いドリンクとは別に、いいワインやスコッチウィスキーも飲めるようにして、椅子も座りやすいのにして。ドリンクチケットで買えるお酒も質は悪くないのを出してるんだ。若い人がかわいそうじゃない。おいしいお酒飲むことを覚えられないと。」

「ライブハウスの中のバーをライブハウスの経営と分けてるということ？」

「そうそう、間借り。で、ライブが終わった後も営業している、大人っぽい感じでね。」

「すてき、あとでまた来ましょう。」

「いいワインを開けてごちそうするよ。」

シンシンは自慢そうに微笑んだ。映画に出ていた話をしているときより、ファンと握手しているときよりもずっと幸せそうだった。

流れに乗って向いてない芸能人になるのをやめて、あなたは自分の人生を見つけたのね、と私は思った。心の奥底から温かい気持ちがわいてきた。

「ちょっとテラスに出てみる？」

シンシンは言った。

暗い大窓を開けると二席ぶんだけテラス席があった。むき出しの鉄の階段と雑多な台北の街明かりが見えた。ガラスのテーブル、意外に座り心地のいい籐の椅子。昼の熱気がうっすら残る涼しい夜風が心地よかった。

外に出たら今まで聴こえなかった前座のバンドの激しい音がドア越しに響いてきた。

「私は先月三十歳になったばかりよ、シンシンは？　お誕生日はいつ？」

私は言った。

「女の人ってすぐ何座とか聞くよね。どうせあとで性格とか相性とか調べるんでしょう？」

「しょってるわね。でもちょっと調べたいかも。何座？」

「あ〜、それが。これ言うと、同情買ってるみたいでいやなんだけど。だいたい八月の頭で。」

彼は頭を抱える仕草をした。

「だいたいってなによ。」

私は言った。

「それがさ、できすぎている話なんだけれど。」

と言った後、彼はぼそぼそと言った。

「実は僕は自分の誕生日を知らないんだ。お母さんが届けを出さなかったので。お父さんもお母さんもとても忙しくて、忘れてたんだって。お母さんは退院してすぐに撮影に行ったそうだ。でもそれは無茶なことだったから、お母さんは倒れて入院した。それですっかり届けを出すのを忘れてしまって、後から出したので、僕の誕生日がほんとうはいつなのか、誰も知らないんだよね。」

彼の目のはじからつーっと涙が流れた。

「悲しいことはないんだよ。でもこの話をすると昔からなぜか涙が出る。」

私は彼の大きな頭を抱えるように抱きしめた。

彼の大きな頭蓋骨はとてもいい形をしていた。つむじがふたつあって、髪の毛が面白い流れ方をしている。耳は大きくてきれいな形。

犬をなでるように彼の頭の毛をなでていたら、なぜか私のほうの気持ちが落ち着いてきた。この上ない落ち着き。私は今この人を好きになりつつあるんだな、そう思った。

「マサミチのライブがそろそろ始まるね、行こうか。」

私のそう言った声に、シンシンがうんと返事をした。その声は私の胸に直接響いた。

もしもこれから生きていく上で、この声を時間をかけて聞いていけたらいいんだけどな、そう思った。今はそれ以上でも以下でもなく。

私の部屋と彼の部屋がとなりあって壁でへだてられていても、私のたてる物音にまるでねずみと暮らしていたみたいに彼が安心していられるように、こんなふうに全く違う大きさの体を持っていても、なにかを分かち合ってまるでひとつに溶け合っているような日々を送っていけるとしたら。

積み上げたものをまた失うのはわかっている。どんなに積み上げたって、死んでしまったらお別れ、そこでいったん終わるのだ。繊細に積み上げたお城だって、主のいない廃墟になる。

それでも私たちはなぜか積み上げ続ける。それが生きている証しであるから。

「こんなふうに自分の気持ちがおおごとになってくるとは思わなかったな。」

シンシンが言った。

「私も。ねずみだってだけで。」

私は言った。

「ねずみだってだけでね。」

シンシンが私に覆いかぶさって、私たちは小さくキスをした。乾いた唇の軽いふれあい。

「小さいと唇も小さいんだね、やっぱり。」

シンシンが暗闇で笑った。

そして手を出して、私を立ち上がらせた。私たちは手をつなぎ、鉄の重くて大きな扉を開けて、その重い扉を押さえてくれていたのはシンシンだった。扉にねずみがつぶされないように。

突然マサミチの歌と激しいギターの爆音が私たちを包んだ。

一歩を踏み出す。積み上げるために。私たちは、積み上げられるかな？

ミトンとふびん

夢を見た。

寒い風の吹く、凍りつきそうな海岸を、私と外山くんは歩いていた。うみねこたちがにゃあにゃあとうるさく鳴いている。たくさんの白い翼が陽を受けて飛行機のようにきらっと光っていた。

ふたりの足跡が、砂浜に並んで美しい線を描いている。

海は満ちていて、もうすぐ波に洗われて足跡は消えてしまうだろうと思う。

彼に言いたいことがある。横顔を見上げる。

つたない言葉でいっしょうけんめい、言おうとする。

風に言葉がまぎれて、うまく届かない。いや、違うんだ。どんなに言葉を紡いでも、この気持ちは伝えられないのだと思う。

言葉に変えられるような思いではなかった。

そしてこの状況を知っていると思う。

昔知っていた歌だ。よく口ずさんでいた歌だ。

でも、思い出せない。

風に髪の毛がなびいて、いろんなことが散っていく。

そして私は気持ちだけになる。幽霊みたいに、気持ちだけの存在に。

私は大きく広がっていき、世界を覆うほどの大きさになりそうなくらい。

ふっと気づいたら、となりに小学生か中学生か、どっちかな？　くらいの年齢の男の子がいた。

砂で大きな亀を作っていた。甲羅が大きく盛り上がっているからリクガメだなと私は思った。とてもよくできている。今にも動きだしそうだった。

私によく似た顔立ちの、まん丸の目の男の子。

私の子どもか？

いや、違う。

私には、子どもが生まれない。では、これは誰なのだろう？

その子のひじのあたりが、私のひざにかすかに触れていた。温かく、懐かしい感触だった。

初めましてとわざわざ言うこともなくて、話しかけたりしなくても、もういっしょにいて、ただぼんやりとこうしているだけでいい。

こうして地上に共にいるのだから。

私は思ったし、それを肌で実感していた。

みんないっしょくたになって、ここに。

見えないだけで、いつだっていっしょに、ほんとうは。

だからいいんだ、気に病まなくても。


「こちらは林原(はやしばら)ゆき世(よ)さんです。今僕は、この人とおつきあいしていて、結婚したいと思っています。」

と外山くんはあの日言った。

外山くんのお母さんは半身をベッドから起こし、私をまっすぐに見た。

「初めまして。」

と微笑んだ私を見て、外山くんのお母さんは曖昧に微笑んだ。

そして私をもう一回、じっと見つめた。

私もとりあえずお母さんを見つめ返した。

お母さんの目の中に私は吸い込まれていきそうだった。ぎゅるんと音がしそうなくらい、彼女は私を凝視していた。

外山くんにそっくりな丸い顎の線、手の肌の肌理、遺伝を感じた。

お母さんは手まねきして、私が近くに寄ると私の手を取った。

外山くんよりもうんと小さくてしっとりとした手。

小さな部屋は清潔に保たれてはいたが、ベッドの下にはほこりの玉。低く流れるTVの音。パジャマと毛布のこもった匂いが鼻に届いた。

そして彼女は涙をこぼした。

はらはらと、目を開いたままで。

泣き慣れている人なんだなと私は思った。呼吸をするように彼女は泣いた。

「あなたはなんて……なんて、私の……。」

お母さんは言った。

「その話は、僕がこれから彼女にします。」

外山くんが強めの口調でお母さんを制したのをよく覚えている。

「ああ、私、手袋忘れてきた、最低気温マイナス十六度だっていうのに！」

飛行機からヘルシンキの空港を出たとたん、身が引き締まるような空気の冷たさを感じて、私が最初につぶやいたのはその言葉だった。

そうつぶやいたとて自分を保護する人もいない年齢なのに、そんなことを言ってしまう自分を子どものようだと思った。

外気に触れた手が刺されたように痛かったのだ。生きているだけで手が痛い？　そんなことがあるだろうかと思うくらいに空気のつぶつぶは尖っていた。

見た目はふつうのきれいな夕空なのに、破壊的に寒かった。人の命を奪うことができる寒さだと感じた。

「この寒さで手袋なしは無理がある。雪や氷ですべるだろうから、ポケットに手を入れとくのもあぶないし。とりあえず買いに行こう。もし売ってなかったら僕のを貸してやる。」

外山くんは言った。飛行機に長く乗って、あまり眠らずに映画を観ていた疲れで彼の目の下には隈ができていた。その隈をかわいいと思う。キスしたいと。

外山くんのバランスのよい性格が好きだった。じんわりとしみてくるその言葉の効果。

僕のを使いなよ、でもなく。黙って手袋を差しだし自分ががまんするのでもなく。

売ってなかったら貸してやると。なんていい落としどころなの。

相手の好きなところを好きなままにするには、距離をちゃんと丸く置くことだと私はいつのまにか思うようになっていた。

この人しかいないと思った初恋の人を、十年以上ずっと追いかけ回してすっかり怖がられてしまってからの教訓だった。

彼は、人生でふたりめに好きになった人だった。相手からアプローチがあり、私もすぐに夢中になった。互いのために作られたような人だと、互いを思った。

まずそんな人が自分に出てきたことが意外だった。好みが偏屈な私には初恋の人以上には決して好きになれる人は見つからないと嘆いていたのだ。

そういう人生もあってもいいとずっと心から思っていたし。

なにごとも時間がかかる私なので、今やっといっしょに住んでいるということに少しずつなじみつつある。

まだぴんとこなくてぼうっとしているあいだに、引っ越しだとか、住民票だとか、電気ガスだとか、オーディオをつなぐとか、めんどうなことはみんないつのまにか終わっていた。いつのまにかと言ってももちろん手分けして自分たちでやったのだが、ほんとうに外山くんと暮らすの？　と思って目の前のことをやっているうちになんとなく過ぎてしまったのだ。

気づいたら新しい暮らしが始まっていた。

私はまだ外山くんのこれまでの恋愛や好きだった芸能人や、ほんとうの性の好みを全く知らない。「男の人生」という側面の彼をあまりしっかり見たことがない。少し遠い人のようにまだ思っている。

部屋にあるちょっといやらしい本などで、もしかしてこういう感じが好き？と垣間見るくらいだけれど、本棚に雑然と置いてあって全く隠していないので、ほんとうは違うのかもしれない。いろいろあるのかもしれないな、くらいにとどめておくようにしていたし、私はこれからも一生知ることはないような気がするのだ。

彼が密かにものすごくモテるということは知っていた。「職場で隣の席の若い女の子にいつのまにか好きになられているタイプ代表」みたいな人だ。

彼はとある中くらいの大きさの出版社のグルメ雑誌の編集部で食に関するライターをやっていて、いろいろな店の取材に飛び回っている。コメンテーターとしてたまにテレビのグルメ番組にも出ているから、よく道でも声をかけられる。

静かなのに、面白くて、よく見ると整った顔をしていて。星野源を手のひらでこねて少し細長く伸ばしなおしたみたいな彼。太ってはいないし、お腹も出ていない。

彼は行く先々で、今でもきっとそこそこモテているのだろうと思う。

そしてその意外にごつい左手薬指に地味にはまったプラチナの指輪を見

られては、がっかりされているだろう。

そのがっかりのかけらが光線になって私たちの家に飛んできそうでちょっといやだった。うちでさえこんななのだから、福山雅治とか玉木宏と結婚したりしたらどんな気持ちになるのだろうか。

そのこともなるべく見ないようにしている。彼がほんとうにほんとうに誰かを好きになってしまったのであれば、私はきっと許して手放すだろう。でもそれを見極めるのにはきっと三年くらいはかかるとふんでいる。「彼がだれかを好きになって、もし三年たってもその人と会い続けているようだったら籍を抜こう、それまでは粘ってみよう」としっかり決めているから、もはやわずらいはない。

B級グルメが専門なのに太っていないのも謎だ。こってりとしたものが好きなももいろクローバーZの子たちや、あんなにお酒が強くよく食べる平松洋子さんがやせているのと同じくらい大きな謎なのだ。

その秘訣はいっしょに暮らしたらわかるだろうと思ったが、わからなかった。朝少しそのへんを走ったりはしているようだが、大した距離ではない。

気合いのようなものが彼の外見を保っているように思えた。
もしそれがプチっと切れたら、彼自身がふくらんで破裂してしまう、そんな気がした。
そしてその静かな気合いが湖のようにたたえられた気配こそが、私が彼を好きでい続けられる理由だと思うのだ。

だれかと暮らすというのは、青海苔が細かく散ったその人のTシャツをひたすら手で洗ったり、ラベンダーのろうそくをつけてごきげんに過ごしていた部屋に、全身酒と炙りものの匂いをさせながら帰ってきた人を、「ラベンダーに打ち勝つなんて最強のアロマだな」と苦々しく思っても文句を言わず良きタイミングで細く窓を開けたり、風呂に入ろうとすでに半裸になっていたのに、なかなか彼が風呂から出てこないで風呂の中で歌まで歌っていたりするのを、なにか羽織りなおして待っていたりすることだ。

母親としか暮らしたことがなかったので、彼のマイペースさにはけっこうびっくりしたし、初めての体験だった。

そしてそれを「まあいいか」と思えることにも慣れた。

違うんだし、他人なんだし、それぞれ別の体だし、別の一日だし。

あまり期待していないのがよかったのか、私にとって何年もつきあっているけれどある意味よく知らない彼との暮らしは、それほどたいへんではなかった。

飲み食いが仕事の人なので、いっしょに夜ごはんを食べる回数が少ないのは淋しいが、そのぶんひとりの時間はしっかり確保できたし、彼の持ち帰る手土産のおかげで食費はかなり安く上がった。

そんなところも合っていたみたいだった。

こんなに楽でいいの？　こんな楽なままでおじいさんおばあさんになっていっていいの？　いつのまに私は新しい家族を作ったの？　まだびっくりしている。

……と友だちに言うと、みんなが「子どもを産むのをすっ飛ばさないで。」とあわてて言う。手を広げるみたいにびっくりしてこちらにせまってくる感じが一様なので、おかしくなってしまう。

それもそうだろうと思う。

いちいち彼らに説明はしないのだが、私に子どもはできない。

十代で大きな病気をして、子宮を取った。死の覚悟をうっすら抱いたまま、まま、歳を取った。

まだ若い私は全く無知で無頓着、手術が終わるまで、取ったのは卵巣あたりだと思っていたし、子ども？　いなきゃいないでいいじゃない、命拾いしたことのほうが大事だよ、と。

そのことの重大さに気づいていたのは母だけだった。涙していたのも、おばたちに相談していたのも、母だけだった。

私にも大人になるにつれ、そのことの重みがわかってきた。

だから、結婚しないで生きていこうとしっかりと決めていたくらい。

つきあいはじめて、子どもが産めないことを外山くんに打ち明けたとき、私は別れを覚悟していた。

つらかったが、それ以上つらくなるといやだから、けっこう早めに打ち明けた。

よく覚えている。待ち合わせをしていた新宿の伊勢丹の一階に向かうとき、こんなきれいなディスプレイ、幸せそうなきれいな人たち、きっと楽しいであろうデートの時間、今日言わなくてもいいんじゃない？　今日はただ楽しく過ごしても許されるんじゃない？　そう思った。涙が出て、気が遠くなって、息が苦しくなった。

「うーん……確かにショックだけど、それが別れには決してつながらない。」

私が子どもは産めないと会うなり伝えると、外山くんは即座に言った。

「それなら中で出せる。」と即言った、その前にものすごくせまられてなんとなくつきあっていた人とは訳が違った。

あの人がおかしかったのだと、初めて心から思うことができたのでまた涙が出た。

外山くんの考えが一瞬にして過去を照らし、ここにしっかり戻ってきたことがわかった。ついでに私の人生まで私のものとして戻ってきた。罪悪感を持つべきではないと、ふっと肩が軽くなったのだ。

まさに彼の言葉はブーメランのようだった。よけいなものを切って、すとんと手の内に戻る、魔法のようだった。

好きだ、この人しかいない。

何度でもそう思った。涙が出るほどだ。この人をもう離さないと。外山くんの前に外山くんはいないし、外山くんの後にも外山くんはいない。だからただ好きだと。

これは、ムツゴロウさんの奥様の名言をまねした考えである。

「私たち、かけおちじゃないし、これは同棲カップルの単なる旅行でもないよね。」

ホテルに向かうタクシーの中で私は言った。

「もちろんだとも。籍を入れたじゃないか。だれにも反対されてない。もう怖いものはなにもない。心細いこともない。これはまさに世で言われる新婚旅行というものだ。」

外山くんは眠そうに、しかしはっきりそう言った。

こんなにも癒される二人組なのに、なぜ親たち（と言っても、ふたりにはそもそも父はいなかった。外山くんのお父さんは早くに亡くなっていて、うちの両親は私が小さい頃離婚していたので、反対したのは『母たち』だった）は反対したのだろう。私たちに見えない大きな欠陥が実は私たちにあるのではないかと真剣に思うくらい不思議だった。見た目だってそんなわけで、いかにも日曜日のＩＫＥＡだとか、星のや軽井沢（お金がないから本体ではなくて）のわきのショッピングモールみたいなところにいかにもいそうなふたりなのに。

母たちの反対は、私たちの輝かしい恋愛結婚に痛くて暗い色の棘みたいにしっかり刺さっていた。いや、ドラキュラを殺す杭くらい太かったかもしれない。なにをしていてもそのことがふたりの上を暗く覆っていた。

たどりついた、洞窟のようなあるいはロールプレイングゲームに出てくる小さなお城みたいな見た目のホテルのロビーは、設置されている大きな暖炉のおかげで暑いくらいだった。チェックインをして小さくてシンプルな部屋に荷物を置き、着替えもそこそこにすぐに外に出た。

夕暮れからだんだん夜になっていくこの土地が、いっそう寒くなっていくスピードと言ったら、目が覚めるほどだった。

私たちは近所の小さな洒落たレストランに行き、サーモンやパテやじゃがいもをたっぷりと食べた。料理に合う重めの白ワインも飲んだ。

「どの皿もみんなクリームやバターやベリーをたっぷり使っていて、ここに住んだらさすがの僕も太るような気がする。」

店を出てから外山くんは言った。

「もし手袋売っていたら、しのぐだけでもいいから買おうかな。」

歩いての帰り道、私はそんな感じで、まだ開いていたスーパーに寄ろうと言った。

旅先のスーパーに行くのがふたりとも大好きだった。珍しいものがたくさんあるし、外山くんにとってはインスタントラーメンなどは仕事に直結している。ヨーロッパのホテルについている朝食には果物と野菜が足りないから、ちょっと買っておくのもいいねということになった。

トマトとりんごをかごに入れて歩きながら、全く読めない文字がおどる、色とりどりのパッケージがずらっときれいに並んでいるお茶の棚のところで、急に彼は言った。

「そう言えば弟の写真、見つかったんだけど、見る？」

私はすぐに彼の顔を見た。

蛍光灯のあかりの中で。急に温かいところに来たのでめがねが少し曇っていて、彼の目は見えなかった。鼻の頭にうっすら浮いたあぶらがかわいらしかった。きっとバターを食べ過ぎたからだ。

「なんで今ここで？」

私は笑った。

「この間実家を整理しに寄ったら、弟の写真は全て処分したはずなのに、僕の部屋の本にはさまっていたのが出てきたんだ。飛行機の中で見せようと思ってたら、すっかり忘れてて。今見せないとまた忘れそう。」

外山くんは、カバンからがさごそとスケジュール帳を出した。

私はそのスーパーで、とりあえずの安い手袋を選ぶのを突然にやめた。関連は全くわからなかった。しかしその話を聞いたとき、私は明日街に出て、長く使える手袋をちゃんと買おうとふいに思ったのだ。そういう直感はなによりもだいじだと私は思っている。理由は決して今はわからないけれど、大切なことだと思った。

そういうことは計り知れない意味を持ちながら宇宙の深いところで、細く美しい糸でしっかりとつながっているに違いないのだ。

スケジュール帳の中から彼は写真を取り出した。

少年の頃の外山くんと、隣に小さい男の子。

ほんとうに似ていた。鼻が少し上を向いているところ、目がまん丸なところ。自分で言うのもなんだが、そっくりだった。

そして思った通り、夢に出てきた子は彼の弟だった。

まるで私たちの子どもかのようにふたりのそばにいたあの子。もう決して歳を取らない子。

そう、外山くんのお母さんが結婚にうっすら反対していた理由は、私が彼の弟に似すぎているから。

「ほら。」

「母は弟が死んだことで、長い間精神を病んで寝たきりになったり病院に通ったりしたし、いじめについての講演をしたり、いじめた子たちや見て見ぬ振りをした子たちに恨みの手紙を切々と送りつけ続けたり、そんなことがうちにはいろいろあって……季節によりふせってはいるもののやっと少し落ち着いたのは最近だったから。弟の写真はみんな処分してしまったし、とにかくやっとこさ生きてきた状態だから、孫ができないことはもう全く問題なかったんだよ。一度どん底まで落ちたから、そういうことにはすごく寛容だった。問題があるとしたら顔だけだったんだよ。」

「悪かったね、こんな顔で。」

と私は言い、ちょっとムッとした。

でもすうっと、まるで波が追いかけきれないほど速く引いていくように、そのあとにくる大きな波を待っていなくてはいけないと心構えるように、私の本能はそれを止めた。死んだ次男に顔が似た女の私は、外山くんのお母さんにとっては痛みであり、外山くんにとってはそのぶんそっくりそのまま希望なのだ。

「そんなこと言わないで。」

外山くんは言った。その困った顔がかわいらしかったので、私は微笑んで言った。

「初恋の人に顔が似てるのバリエーションだと思えば、気にならない。むしろそれよりいいのかも。外山くんだけの、心の中の、大切なことだから。たとえ聞いたってわかりえないし、外山くんのお母さんと外山くんはそれに関して違う場面を見てきたんだろうし。私は、私の顔がせめて良い方に働くように願うしかできない。だって顔は変えられないから。」

「なんて気立てのいい人なんだ。」

外山くんは言った。

「冷たいだけかもしれないよ。でもその冷たさはこのスーパーの外にあるマイナス気温のように、ただそこにあるだけで、命を奪うつもりがあるわけではないと信じている。自分で自分を信じている。」

私は外を見ながら言った。真っ暗に光っているガラス、その向こうの暗い道。人はほとんど歩いていない。そういえば寒いんだった。もうすぐあのすごい冷たさの外に出ていくんだった。

数時間そこにいるだけで命を奪うことができる気候があるなんて、小学生のとき北海道の親戚の家に真冬に泊まりにいくまで私は知らなかった。

怖がって外に出ない幼い私に、おじは言った。

「人はこんな気候の中でも暮らせるように、工夫して、注意して、がんばってきたんだから、大丈夫だよ。

歯をちゃんと毎回磨けば、虫歯にならないだろう？　それと同じなんだ。

気をつければ、こんなすごい温度の中でも人は生きられる。まるで毎日があたりまえにあるかのように。備えればいいんだ。それが人間の力なんだ。」

それと同じ。命取りになりかねない要素満タンのカップルでも、ちゃんと不幸に備えている心がまえだから、私たちはまだいっしょにいられる。

道を探せる。

ほとんどかけおちみたいな状態だから、親を恋しく思うたびに、永遠に許してもらう機会を逃してしまったことに心細くなるけれど。

外の道は完全に凍っていた。外灯の明かりの下の照りを見ればわかった。雪なんてまだ甘いとその二重窓ばかりの家々、尖った空と道の色が語っていた。

こんなに、生活しているだけですぐそこに死の気配がある環境に暮らすというのは、どんなことなのだろう？　私のおじさんみたいに生まれつき北海道に住む人だったら実感できるのだろうか？

だからこそ、わかることがあるのだろう。暗く凍った道が朝陽の力強さを教えてくれるように。ここにいたいと決めている理由はより強固になるのだろう。

痛ましいことを経験した人たちがいて、そこにまるで吹きだまりにごみが集まるように私が風に乗って吸い寄せられていく。その自然さが私にとってはいちばんなめらかに思えるのだ。

特にこんなに遠い異国にいると、私の日常なんて幻だったのだなとすぐに思えてくる。あんなに丹念によく作り上げたな、あんな砂の城のようなものを。

感心してしまう。砂の城の窓の枠のサッシや、トイレの床までしっかり作り上げたくらいの感じで、私にはそんな創造力があったんだと。

小走りで凍りかけた道をホテルまで帰った。道だけではなく、ホテルのロビーもかなり暗かった。スーパーの袋だけが闇の中で白く光っていた。

　交代でシャワーを浴びて、やっと体が温まった。分厚い靴下を履いて、歯を磨いて、乾燥した空気でつるつるの肌にクリームを塗って、ベッドに入る。シーツがひやっとした。窓辺の古いパネルヒーターはしんしんと部屋を熱く保っていた。

　おやすみ、と言ったら眠そうに外山くんが言った。

「君がその丸い目をして駅前の楠の下のベンチでおにぎりを食べていたとき、僕はあまりの懐かしさに立ち止まって本まで落としてしまった。」

「覚えてるよ。」

「君は僕にとって絶対なんだ。絶対にそばにいてほしいものだったし、いるだけでいいものだったし、夢みたいな人だった。君に毎日会えるならなんでもするというくらい安心する。君さえ確保できたら僕の人生はもう大丈夫だと思う。」

　そう言いながらも彼は枕を抱っこして寝てしまった。

　燃えるはずのかけおち新婚旅行的初日の夜がこれ。ツインのベッドに隙間はないけれど、死んだ弟の話をして枕を抱っこか。

ここまで友だち的でセックスレスでは、いずれにしても私たちは子どもにはめぐまれなかっただろう。

セックスってなんのためにするの？　それは、子どもを作るため。そう思うと、確かに私たちにはそんなに必要ないのかもと思った。

そして、彼は決して前の彼がもしもこの設定なら絶対言ったであろう、「弟とやってるみたいで気分が出ない。」なんて冗談を言う人ではなかった（その人は、そういう冗談を言うのがかっこいいと常に思っているタイプの人だったのだ）。今はもう私個人を、弟と似ている人ではなく、女性の私としてだいじにしてくれているのもわかる。

なんでここにいるんだろう？　私はまた思った。望まれるままにすいすいと。

すごいなあ。私のいる場所、珍しすぎる。幸せ……。

ホテルの窓の外には全く無防備に向かいのビルの窓が見えて、うっすら明かりがついていた。その明かりと私の顔が重なった。

似ている芸能人は？　強いて言えば柴崎友香。あれ？　芸能人でさえないじゃないか！

そんな私の人生は流されて、誰かに似ているからこそいられる場所についにたどりついてしまった。

そしてよくよく考えてみた。実は彼の死んだ弟に似ているのって、別にいやじゃないんだよなあ。むしろ嬉しいというか。アドバンテージというか。私ってどこかがおかしいのかな。

悲しかったことが、私の姿を借りて小さな幸せに変わり、感謝の波がまるで夕方の浜辺に打ち寄せるきれいな波みたいに打ち寄せてくる。丸く、くりかえし。

まるで自分の存在が天使のような感じがして、なんの痛みもなく、ほんのりと光が見えるのがいい。ずっとそうとしか思えなかった。

「あんたを見る彼の顔が気にいらない。あれは恋してる人の顔じゃない。思い込み。」

私の母はそう言って、会わせたとたんに外山くんとの結婚に文句を言った。

「わっかる〜。当たりだと思う。さすがママ！」

と言った私に、母はいっそう激怒した。そして、

「だってあんた、女の子をちゃんと好きになれないできそこないと、赤ちゃんができないあんたで、人生なにができるっていうの？　やはり、私はしばらくの間、本気で反対してみようと考えている。」

と、もっとひどいことを言った。

ほとんど呪いと言っても過言ではないし、もっとまずいことにそれは多分真実だったが、毒舌で有名な母のそういう発言には幼い頃から慣れていてもう腹も立たなかった。

唯一無二のはずの自分の娘がだれかに似ているから望まれる、そんなこと耐えられないとまるで少女のように思ってくれたことに関しては、内心とても嬉しかった。

ところが自分はどうかというと、そもそもそんなことを全く思わなかったのだ。

出会いからとんとんと愛された過程を見るに、もしかしたら私はその弟の生まれ変わりなのではないだろうか？　とさえ自然に思ったのだが、弟が死んだときもう私はしっかりこの世にいたので違うだろう。その程

度の気持ちだった。浮かれていたのかもしれない。

「あんたはもう大人だから、好きにしていい。でも私は、反対。」

母はきっぱりと言った。その目は透明に澄んでいて、強い光を放っていた。私はそれを見てなぜか安心して力が抜けた。あれ？　このことでこんなに力が入っていたなんて、そう思った。代わりに怒ってくれてるんだ。この怒りは私がどこかに置いてきてしまった大事な感情なんだ。赤ちゃんができないということが、こんなにもボディーブローのように効いて人生がきつくなってくるとは思っていなかった。そのダメージをくりかえし見ないふりをすることで、いつのまにか失くしてしまった何か。そう思ったから、そんな母に怒りはわかなかった。

そうして反対したまま、急な脳梗塞で母が死んだのは、去年の夏のことだった。

かげろうがたちそうに暑い空気、母の遺体が腐ってしまわないようにすぐに葬儀をして、さっさと焼いてしまったから、このことに関してもまだ結婚したのと同じくらい、気持ちの整理がつかない。まだ悪い夢の中にいるようだった。

きょうだいのいない私はあっという間に、ひとりになってしまった。今も仲良くしているおばさんたちやいとこたちの動きの中に母の面影を見つけては涙ぐむ。

外山くんのお母さんもまた、私たちの結婚に決して賛成とは言えない状態で、病院にいたまま亡くなってしまった。もちろん自殺ではなく、長年強い薬を飲み続けていたので心臓が弱って発作を起こしたということだった。

外山くんの希望で、葬儀は家族だけで小さく行った。私も参加した。初めて会う外山くんの親戚たちは、みんな私を見てものすごくなにか言いたそうだった。そりゃそうでしょうね、と私は思った。

「互いのお母さんたちがすっかり賛成する気持ちになるまで地道につきあっていこうか？」「うん、そんなに長くはあの人たちも粘って反対しない感じがするね。」などとのんきに言っていた私たちは、すっかり拍子抜けした。そしてとりあえず堂々と籍を入れ、ふたりで暮らし始めた。喪中なので披露宴はせず、お知らせも電話で個別にして。だれひとり反対はしなかった。

そういうわけで、急にもめごとは何もかも無くなってしまい、私たちだけが残った。

どうせいっしょになるんだから反対が解けるまでのんびりつきあっていようという構えだったから、親の死なんてひとかけらも願っていない、呪っていないということだけは確信していた。もしそうでなかったら入籍なんてできなかっただろう。

こんなことってあるんだな、と私はずっとぽかんとしていた。

中央駅からほど近いその雑貨屋は、まるで日本のおしゃれな雑貨屋みたいだった。

とにかく広々としていてガラス張りで、コーヒーを売っていて、かわいい小物やアクセサリーがあって、センスの良いインテリア用品があって。

もしかしたら日本の雑貨屋がこちらをまねしているのかもしれない。

私が漠然とおみやげものとしての小物を選んでいたら、外山くんがレジに並んでいた。

珍しいな、彼がこんなかわいいものの店でなにか買ってる、あ、もしかしたらホテルで飲むためのコーヒー豆かもしれないなと思いながら自分の買い物に考えを戻した。

店を出るといきなり寒さが襲ってきて、毎回きちんとびっくりする。立ち止まるのがつらいほどだったけれど、外山くんが私にお店の紙袋をそのまま渡したので、ぽかんとして受け取った。中にはとても無骨な、黒革の中にもこもこの羊の毛が入っているミトンが入っていた。男物なんじゃないか？　と思うくらいごつい。でも、嬉しかった。

「ありがとう！　一生使うよ。」

私が言い、

「一生は使わなくていいよ。」

と外山くんが照れた。照れるとそっぽを向くのがかわいい。いつか憎らしいに変わりそうな熱いかわいさではない。もっと、盆栽のような、庭石のような。

「一生だもん。私の棺桶にはこれをしっかり揃えて入れてね。」

私は言った。

「そんなこと言わないでよ。それに君、夏に死ぬかもしれないじゃない。」

外山くんは笑った。

夏に死ぬ。

予言のように響いたその言葉は私の魂に一瞬、夏の陽ざしを呼び起こした。

ビルの谷間を照らす弱々しい今の光ではなく、かっと熱い、なにもかもを浄化するような強烈な光。

未来から照らしてくるその小さな光が、たとえ死の匂いがしても一瞬灯台の明かりのように私を照らした。そんなときまでいっしょにいられたらどんなに嬉しいだろうと。

「夏だったら、なにを入れるの？」

私は言った。

「君が中学生のときから着てるという、あの穴の開いた黒いタンクトップじゃないかな。」

彼は笑った。

そうして立ち止まっているあいだにもほほが針で刺されたように赤くなっていく。靴の底からじわじわと冷気がしみてくる。私たちは歩き出した。雲ひとつなく晴れているのに、太陽の強い力が全く及ばない世界を私は初めて感じていた。

その手袋はもちろん外さないとGoogleマップも操作できないし、ごつごつしているし、縫い目もなんとなく不器用だけれど、私は嬉しかった。

まるで初恋の人に第二ボタンをもらったような気持ち。

それを持っていることだけが、大切なこと。

夏になって暑い陽ざしにさらされるようになったらきっとこの国のことをみんな夢だったと思うだろう、それと同じように。

ここにないものを思うことを私たちの「体」は決してしない。心だけが幽霊のようにあちこちをさまよっている。

大好きだったおばあちゃんが死んだとき、焼き場であんなに大きかった人工の大腿骨(だいたいこつ)が見当たらないのを、なるほど、と思った。

箸でつまめないものは、前もって取り除いておくのだな。ターミネーターとかロボコップでないかぎり。違う素材は目立つものな。

おばあちゃんのベッドのわきで、母といっしょに説明を聞いた。

「こういうものを、ここに入れます。」

外科の主治医の先生は、祖母の腿のあたりに人工の大腿骨をあてがった。

祖母はいやだなあという顔で私を見た。

「ちょっと見せてください。」

母は言った。そして先生に渡されたその人工の大腿骨を、眺めていた。

母はそれを私にひょいと渡した。

私はそれがおばあちゃんの歩行をこれから支えてくれるのだなと思って、ほほを寄せた。

先生は苦笑いを浮かべて言った。

「人の体の中に入っていたものですよ、それは。消毒してありますけど。」

私はそうか、と思った。だれかを焼いたら出てきたんだな、と。

祖母のお葬式で、それを思い出していた。そうか、そうだったな、と。みんながいなくなっていくことを、もっともっと「自然」と思えるのはきっと私にその順番が近づいてきたとき。今はまだ若すぎて死が不自然だったから、ずっと悪い夢の中にいるみたい。

「弟さんのことで、いちばんきつかった感情はなに?」

私は歩きながら、外山くんに聞いてみた。

「悔いかなあ。弟は明るくて心が強かったので、その上運動が好きで剣道を習っていたから、自分でなんとかできると言っていて、それが言い張るというレベルではなく、ごくふつうに『大丈夫だよ』と言っていたから、だれもあんなことが起きると思っていなかったんだね。いじめたほうも、死ぬとは思っていなかったと思う。最近の若い子たちは、どのくらいのことをしたら人は死ぬとか、わかってないんだよ。」

外山くんは白い息を吐きながら淡々と言った。

「ほんとうに、たいへんだったんだね。」

私は言った。

これ以上は聞くまい、聞くとしても彼が話したいと思うようになったときに、彼から言い出したときだけにしようと私は思った。

そして高いビルの間を、黙って並んで歩いた。

外山くんのことを、初めてほんとうに他人だと思った。自分とは違う体の中にいる、違う宇宙を生きている。

でも、深いところではみんなつながっている。そうでないと、それを信じていないと、結婚なんてきっとできない。

彼の心にある真っ黒いしみのようなものを、彼も見ないようにしている。

そして弟が彼の心のしみになってしまったことが、かわいそうだ。よいものとしてだけ、思い出してほしい。それに力を貸せたらいいが、私の存在が傷を深めている可能性さえある。

それでも無頓着に、あつかましく、ずけずけとただここにいるほうがいいに決まっている。全部が少しでも明るく思えるまで。

母も外山くんのお母さんもいなくなってしまってからしばらくして、私はどうしても父に母が死んだことを直接伝えたいなと思うようになった。

親戚やいとこはみんないっしょに悲しんでくれたので別に父はどうでもよかったのだが、父って今どうなっているのだろうというのを知りたくてついつい行動してしまったのだった。

おばさんに父の勤め先や部署を聞き、とあるラジオ局のオフィス入り口の、みんなが首に下げたパスみたいなのをピッと当てるところで、まるで入り待ちのように父を待った。

帰りの時間はまちまちだろうと判断して、早朝に。

父は、幼かった私の記憶の中の父とほとんど変わっていなかった。

少し白髪が多くなり、しわが深くなって、しみができている、そのくらいの変化だった。

「あの、岸田（きしだ）さん……パパ。」

私は言った。

父はぎょっとして私を見た。

最初に笑顔になってほしかった。それだけが望みだったが、そうはいかなかった。なんといっても母が父を毛嫌いしていたので、遠慮してずっと会っていなかったのだ。

これからは会えるようになるかなという希望も多少は持っていた。なにかが減ったんだから、なにか増えてほしかった。父はそのぎょっとした顔の後で、やっと笑顔を見せてくれた。私は心からほっとした。遺伝子レベルの「ほっ」だった。

この人と手をつないで歩いたことがあるなんて……今は絶対むり、と私は思った。父は若々しすぎて気持ち悪いくらいだった。

「ゆき世？　ゆき世なのか。びっくりするほど大人になったね。悪い、お父さんは今遅刻してる。あとでお昼をいっしょに食べない？　ちょっと待たせてしまうけど。」

父は言った。さすが業界人、段取りがきちんとしている。

「はい、あとから出直してきます。あのね、ママが死んだの。で、私は結婚する。」

私は言った。

「知らせがあったよ。お葬式に行かなくてごめん。お金のことでおばさんたちに責められると思ったら怖くてさ。でもちゃんと家で手を合わせてお線香をあげて、花を供えたよ。今の家族もいっしょにやってくれた。その、君の結婚の知らせは知らなかったなあ。」

父は言った。

「だから来た。」

私は言った。すねた子どもみたいにぼそっと。

「おめでとう。」

父は言った。

よかった、私の好きだった父が、よそよそしい仮面の下からじわじわと出てきた、と私は思った。

「十二時にここで。」

そう言うと、父は走って行ってしまった。

すっぽかしてやりたい、という気持ちもじわじわわいてきた。複雑だった。

あるところから養育費をまちまちにしか振り込まなくなった問題でも

めていた父と母。

もう縁は切れたと思いなさいとくりかえし私に伝えた母。

時々気まぐれにお金を振り込んできた父。父と父の奥さんのあいだに子どもが生まれて、お金がかかるようになったのだろうというのは簡単に推測できた。

私は、男の人のことがよくわからないのだ。そう思った。こんなに感じのいい父を、あんなにも憎んでいた母。まあ、多分、感じがよすぎるからなんだろうけれど。

お昼に結局私はその場所で父を待ってしまった。

十分遅れて父がやってきた。ごめんごめん、なんでもごちそうすると。

私は、

「お祝いがわりに、このへんでいちばん高そうなものかな。」

と言ってみた。

「ランチならいいよ。」

と父は笑い、高級な中華料理屋さんのお昼のコースをごちそうしてくれた。高いグラスシャンパンもつけて。

白いクロスのかかった丸テーブルの上の台をくるくる回して、おかずを分かち合って、お茶をいれあった。

「どんな人と結婚するの。」

父は言った。

「写真見る？　ママが死んだし、相手のお母さまもほとんど同じ時期に亡くなったので、式もしなくて、ただ入籍していっしょに暮らすだけだけど。」

私は言って、外山くんの写真を見せた。

「感じいいじゃない。さわやかじゃない。いいじゃないか。」

父は老眼鏡をかけて彼の写真をじっと見て言った。てきとうに言ってるんじゃないことは、伝わってきた。

「そうそう、そういう普通の話が聞きたかったんだよ。」

私は言った。

「ママは普通の反応をしなかったのか。」

父は笑った。そして続けた。

「ママは最後苦しんだのか？」

「ママは結婚に反対していたから嫌な反応だった。そして、そちらはうん、あっという間だった。意識がないまま病院に運ばれて。あ、あの、いつもの病院にね。そして、そのまま翌朝亡くなった。ちょっとむくんでいたくらいで、きれいだった。」

私は答えた。

「そうか、苦しまなかったんだね。そしてきれいだったんだ。」

父は言った。

マンゴープリンを食べながら、私は涙が出た。

「ママがあんなものすごい性格だったから、しかたないと思うんだけどね。それに夫婦だって男女だから、それもしかたないと思うんだけど。私は、もう少しパパにいてほしかった。だって私にしてみたら、急にあんな極端な価値観の世界と向き合わざるをえなくなり、毎日が全く穏やかじゃなかったから。ふつうに、あっちがだめならこっちにねだろう、みたいな感じで過ごしたかったし、緩衝材のない世界にいたくなかったし、とにかくパパと暮らしたかった。パパのセーターとか干してあるところが見たかったし、電球を換えてほしかった。自転車のチェーン外れたのを直してほしかったし、ラーメンを食べに行ったり、したかった。それからあんなママでも、仲良くしてほしかった。だってそういう世界に生まれ落ちてきたんだもん。私はそもそも。その世界が壊れるなんて、知らなかったよ。」

「全ての離婚した家の子どもは、そんなふうに思うんだろうね。悪かったよ、いっしょに暮らせなくて。」

父は言った。

私はナプキンで涙をぬぐい、言った。

「とにかくこうして甘えてみたかっただけなんで。気が済んだ。」

「わかってるよ。君は小さい頃と全く性格が変わってなくて。ママは君をまっすぐに良く育てたんだと思うよ。よくやったと思うし、感謝する。これからはたまにこうして会えたら、嬉しいと思う。」

父は言った。

外山くんがいろいろ調べて、奮発してディナーを予約したそのレストラン。

私の乏しい知識の中でいちばん似ているのは、「オリエント急行」「アンナ・カレーニナ」みたいなイメージ。

全てがバロック的だった。

金と銀。燭台。クロークにバトラー。大理石、鏡。

自分がそこにいることがとても不思議に思える空間だった。一生自分はこのようなお店には立ち入らないだろう、と思っていたような。しかも寒すぎることによって服装がちっともきちんとしていなかった。薄着に超高い分厚いコートを着るのが筋な感じのお店だったけれど、私はセーターを着込んで、ぶかっこうなブーツを履いていたが、お店の人は笑顔で受け入れてくれた。

一度だけふたりだけの婚約祝いに外山くんと銀座の「アピシウス」というすごいお店に行ったが、そのときはちゃんとドレスアップしていた。

ふたりとも親が死んでまもなかったので、ちっとももりあがらず、クレソンのサラダに涙が落ちたことを覚えている。お店の人が私たちを見てふびんに思ったのか、デザートをおまけしてくれた。あんな高級店で泣くなんて照れくさくてしかたなかったけれど、天国のようにおいしい味だった。

ふたりしかいない、ぽつんと世界で手をつないで立っている。すがりつきあうのはおっかないから、ちょっと暗い気持ちでそれぞれがただ前を見てそこにいる。

そんな中で少しずつ、生活というものをしていった。だれもそれを見守ってくれる人はいなかった。

今回の高級レストランでの私たちは、見るからに観光客風味で恥ずかしい感じだった。

「せっかくだからクロークを使いたい、お金がかかりすぎるけれど。一度やってみたい。」

それでもいっちょうらのカシミヤコートを脱いで、私は言った。

「そうしよう、そうしよう。」

彼も言って、ダウンコートを脱いだ。

きちんとしたスーツを着た太ったおじさんは、毛の生えた手の甲を見せながら、なめらかな動きで私たちのコートを持っていった。

私は失くさないようにごつい手袋をきちんとポケットに入れた。金ピカのクローゼットに私たちの服はしっかりとしまいこまれた。美しい字体で番号が書かれた札を受け取る。

古い宮殿のような装飾がやたらについているテーブルと椅子について、私たちは向かい合った。

「新婚旅行みたい。」

「だから、そうなんだって。」

そうささやきあってふたりで笑った。

銀の食器が順番に並んでいて少し緊張した。

いつか私たちはこんなお店が似合うような年齢になるのだろうか。今はおままごとみたいにこうしているけれど、時間は確実に過ぎている。

帰ったらどんな生活が待っているのだろう。

私たちはその重みにだんだん負けてしまうのだろうか？　それともこのままふわふわ行けるのだろうか。

これからどれだけの夜を、ふたりで過ごせるだろう。

じわっと温かい、幸せをかみしめるような夜を。

あきらめているのでもなく、淡々としているのでもない。静かに燃やしているのだ、この命を。

死ぬ少し前の母に、彼の部屋から電話をしたことがあった。

今日は外泊するね、と伝えて、嫌味を言われる、それだけのいつもの電話のつもりだった。

母が出たとき、なぜか私は泣いていた。

泣いて、自分が言う気もないことをぼろぼろと口からこぼしていた。

「ママ、ママ。反対してもいいから、もし私が家を出て彼と暮らしたりしても、こうして電話してもいい？」

私もまた思わぬ自分の声とか涙にびっくりしていた。

この声、私から出ているんだ、と思った。

「なに？　どうしたの？　けんか？　もう別れた？　だいたいなに、どうしたの？」

母は笑った。

「別にあんたや彼を嫌ってるわけじゃないし、許してないってわけでもないって。ただ筋として反対してるってだけ。そういうのが、あんたたちには必要って感じがするわけよ。今結婚とか言い出さないでよ。あと数年は反対するんだから。」

「ごめんなさい。ママ、だから、ずっと死なないでね。反対し終えるまで、生きててね。」

私の口から、なぜその言葉が出たのだろう。

母はそのとき、疲れやすいとは言っていたが、まだパートで接客業をして働いていたし、病気でさえなかったのに。

「死なないわよ。大丈夫よ。」

母の声はぞっとするほど真剣だった。

私たちは、心の奥底の遠いどこか宇宙みたいなところで、わかっていたのだろう。

「どんな店にもそう書いてあるから、『ラヴィントラ』っていう大きなチェーン店なのかと思ったら、『食堂』っていう意味だったんだね！さっき『ラヴィントラかもめ』っていう店を見つけてついに腑に落ちたよ。」

外山くんは生クリームの入ったバターをパンに塗りながら、私にガイドブックを見せて笑った。

「明日は『エロマンガ』というすごい名前のカフェに行ってシナモンロールを食べよう。全然あせるべき旅ではないものね。サウナにも一回は行こう。」

「新婚旅行というより、老夫婦のような、落ち着いた気持ち。」

私はうなずいて言った。ディルがたっぷり浮いた、真っ白いスープを飲みながら。

この国の食事は冷えた体を底から温める食べものばかりで、よくできているなと感心した。

外山くんは言った。

「僕たちは、きっとこの旅を楽しく終えて、日本に帰って、またいつものように暮らすだろう。それがどんなに幸せなことか。

僕は弟が死んだことからだんだん立ち直ってきた頃からずっと、生きているだけで息が苦しいくらい幸せなんだ。左足を出す。そして右足を出す。地面を感じる、進んでいく。それだけで嬉しいくらいに。

あんなひどいことが基本的には起きない毎日を生きていけるということだけで、幸せがわかるようになった。弟がいた喜び、いなくなった苦しみ、それとは関係なく今の中にちゃんと浸かっているということを続けていると、その目でしかこの世を見られなくなる。自分にとっていいものと悪いものがはっきりと見えてくる。

そして君は弟に似ているだけではなく、生きた人間なのか？　と思うくらい、嫌いなところがない、精霊のような生きものなんだ。

人生って、表面を見たら、やりきれないことばかりだ。いやなことが、耐えがたいことがいっぱいあり、心は傷つき、体は古びていく。そして結局は死ぬ。だったら生きていない方がいいのか？　と問われたら、いや、生きる限りは生きようよ、体も生きてるし。という答えを毎回出して、ただここにいるだけでいい。それが幸せなんだ。だから今僕は幸せだ。こんな知らない国の、きれいなレストランに、妻といるだけで。」

自分の人生を受け入れるだけ、生きていることを認めるだけ。

このことをこの人やこの人のお母さんはえんえん何千回も何万回もくりかえしてきたのだろうな、と思った。

「ねえ、弟さん、亀飼ってたんじゃない？」

私は言った。

「なに、ゆきちゃん、超能力者？　なんでわかったの？　しかも実はその亀、まだ生きてるんだ。僕の親友が引き取ってくれて。その話、したっけ？」

外山くんは言った。

「聞いてない。でも、それはズバリ、ミシシッピアカミミガメではなく、リクガメでしょう。」

私は言った。

「なんでわかるの？　こわいよ。」

外山くんは本気でびびっていた。

「夢で見たのよ。」

私は笑った。

「あなたたちは、お若いけれど、とてもいいご夫婦ですね。」

訛りのある英語で、クロークのおじさんは言った。

私に分厚いコートを着せかけながら。私はポケットからあの手袋をそっと出しながら彼を見た。こういうお店に来るご婦人が決してしないようなごつい手袋。でも世界一大切な。

「そうですか？　嬉しいです。でもどうして？」

私は言った。

「見ればわかるんですよ。私はずっとここでいろいろなご夫婦を見てきましたからね。あなたたちは、見る方が微笑んでしまうような、とてもいいご夫婦です。もし私があなたたちの親だったら、誇らしく思うでしょう。」

彼は言った。

「さきほど、あなたたちの席の後ろに座ってらしたコルホネン夫妻も、私にそう告げていましたよ。彼らはここ数年、必ず毎週金曜日の夜、ご夫婦でここで食事をするのです。彼らから、あの東洋人の新婚旅行らしき人たちに、ささやかなおみやげとしてこれを渡して、とチョコレートをあずかっています。この国を好きになってくださいっておっしゃってました。」

むきだしだったが、それはムーミンの絵の箱に入った、老舗の「ファッツェル」というカフェのチョコレートだった。さっき通りかかって、明日寄ろうかと話していた重厚な内装のすてきなお店。店舗とカフェが一体となっていて、夢のようなパッケージのチョコレートが並んでいて、年配の人たちがにぎやかに集っていた。

そういえばその老夫婦は、入ってくるときにそのお店の大きな袋を持っていたなあ、と私は思った。きっと地元の人たちにとってあの店のお菓子はいつも家にあるように買っておくものなのだろう。孫が来たらあげたり、ちょっとしたおみやげにしたり、お茶請けにしたり。こうして異国からやって来た新婚さんにプレゼントしたり。

手袋をはめた私の右の手のひらに乗ったチョコレートの箱に、幸せな重みを感じた。

クロークのおじさんの、見知らぬ老夫婦の言葉がどんなに嬉しかったか。

母親たちが、もしかしたら言いたいのかもしれないけれどもう二度と言えなくなってしまったことを、この国の人たちが代わりにちゃんと言葉にしてくれた。

もうこの際、なんでもいい、だれでもいいからそう言ってほしかったのです。

そう思って、私は涙を浮かべた。

にじむ店の金色の光が金色の涙に変えてくれる。

まだ手袋をしていない私の左手をぎゅっと握って、外山くんは、

「ありがとうございます。」

と彼に言った。

「よい夜を。」

クロークの彼は言った。私が泣いているのを見て見ぬふりをして。

丸い肩、整えられた白髪。万国共通の、サービス業のおじさんだけが持つ頼もしく優しいその気配を愛おしく思った。

だれかが認めてくれたなら、それが会っていなかった父親であっても、異国の見知らぬ人たちであっても、私たちはいっしょにいていいという自信を育てていける。

そしてこの冷たい空気は日本の春とひとつの空でつながっている。

それは地球が丸いからだ。それと同じように、あちらの世界もこちらの世界も、よその人と母たちの感想もきっとみんなつながっている。よく考えたらあたりまえのことなのだ。なんでもかんでもここにあるのに、自分枠の狭い目で切り取って見ることしかできないのは私のほうだ。

私の子宮もお母さんもおばあちゃんも、外山くんのお父さんとお母さんも弟も、その他のもういない人や生き物みんな。

この大きな世界の中に存在しているし、確かにいたということにおいて、変わりはなかった。

「帰ったら小さな犬飼ってもいい？」

私は言った。

「私たちには子どももやって来ないし、昼間ひとりで淋しいから。」

「うん、いいよ。僕も最近、犬の散歩したいとちょうど思ってた。せっかく公園の近くに越したのに、ひとりでジョギングしてもつまらないから。」

外山くんは淡々と言った。

この上ないふびんさを自明のこととして持つ人類と、その輝かしい幸せを乗せて、いつでもどこでも地球は回っているんだな。

今日も冷たい氷に閉ざされる夜がやって来たヘルシンキのにぎやかな街角で、私は確信した。

カロンテ

「君の名前ってどういう意味？」

ジャンルーカが私に聞いた。欲望を持った手で私の体を撫でまわしながら。暗闇の中でその薄い茶色の目がとてもきれいに光っていた。

「しじみは、貝。すごく小さい貝。味噌スープに入ってる。」

私はそう説明した。

ジャンルーカは、

「かわいい名前だ。」

と笑った。

「両親の最初のデートで定食のしじみのお味噌汁がおいしかったから、その名前をつけたんだって。」

私は言った。ふっと緊張がほぐれた。

うわあ、真理子の言った通り、イタリア人ってほんとうにあちこちに毛が生えてる。しかもふさふさに。撫でると犬の首のあたりの感じにそっくりだな。

ジャンルーカと裸になって抱き合っているとき、ずっとそう思いながらあちこちを欲望抜きに撫でていた。

もうひとつ考えていたのは、「今回の旅ですべきこととこのセックスは関係なかった、やっちゃったな、うっかり間違えちゃった」ということだった。

もう後にはひけないしな、と冷静な気持ちで参戦していた。

私には指輪をする習慣がないので、ことが始まる前にいちおう「私結婚してるの。」と言ってみたけれど、相手は全く気にしなかった。さすがイタリア人、と私は思った。

死んだ友だち真理子の婚約者マッテオと、昨夜ローマについてすぐ、滞在するホテルの小さなロビーで久しぶりに会った。

数年前彼が日本に遊びに来て以来だった。そして真理子が死んでから彼に会うのは初めてだった。真理子抜きで会ったことは一度もない。つまりふたりしかいない状況が真理子の不在を自ずと強調する組み合わせなのだった。

私たちはロビーで互いの顔を見るなり涙が止まらなくなり、抱き合ってしばらく泣いた。

真っ赤な目をしたまま、ホテルから歩いて五分ほどの、真理子の愛した老舗トラットリア、モルガーナに行って晩ごはんを食べた。

真理子といっしょに何回か食事したことがある店だった。たいてい到着日のディナーとして、飛行機ぼけと時差ぼけの中で。そしてホテルに帰るのではなくいっしょにマッテオと真理子の家に帰って、小さな客間に泊めてもらった。

マッテオに真理子のお母さんから預かった遺品や写真を全て渡して、それらについてのエピソードをひとつひとつ説明し、真理子のノートの真理子の書いた懐かしい文字を見ながらなにが書いてあるのかを解説した。まるで任務のようになるべく淡々と。それでも涙の発作は何回でもふいに襲ってきた。

真理子が日本で二十代のときにお守りのようにいつも身につけていたシルバーのネックレス（ネイティブアメリカンジュエリーで、トルコ石やラブラドライトがみっちりとはまったココペリのモチーフだった）を、彼はその場で身につけた。

真理子の胸元によくぶらさがっていたかなり大きくてごつく重そうなそれは、体の大きなマッテオの胸元にあると小さく見えた。

よかったね、真理子。無事に渡せたよ、と私は思った。

もちろんマッテオと真理子が暮らした部屋には、もっとたくさんの最新の思い出の品があるんだろうけれど。

マッテオも私も互いの涙に毎回つられてしまい、目が赤くなるまで何回も泣いて……をくりかえしていた。日常でもそれぞれがそんな風に過ごしている最中だった。もちろん食事もいっこうに進まなかった。

再会を祝して頼んだスプマンテを一本と、水牛のモッツァレラチーズと生ハム、バゲットにラードが載っているカロリーが高い名物の前菜を頼んだけれど、長い話の合間にちびちび飲んで食べるのがやっとだった。お酒も食事もなかなかのどを通っていかなかった。喪服ではないものの全身まっ黒い服を着ていて、ものを広げてはつど泣いている私たちを、店の人もそっとしておいてくれた。

「しじみちゃん、実は、僕と真理子はいったん別れようかって話をしたんだ。それから彼女はしばらくひとりになりたいって言って連絡を絶って、一週間、全く会わなかった。本人は日本人の友だちの家に行ってたって言うんだけれど、だれも自分だと名乗りでてこない。だれといたのか全くの謎なんだ。なにか知ってる？」

マッテオはアイロンのかかったきれいなハンカチで涙を拭きながら言った。そのときだけ、まるで今生きている人に嫉妬してるみたいに彼の目が鋭かった。

彼はアイロン狂いで絶対私にかけさせてくれないのよ、と言った真理子の優しい横顔が心のスクリーンをよぎった。

この話はきっと出るだろうなと覚悟していたので、私は慎重に言った。

「それは聞いてないな。結婚となって本格的に日本を離れることには迷う、って言っていたけど。」

確かに細かくは聞いていなかったので、うそはついていない。

そうか、真理子、その段階まで進めてしまっていたのかと思った。ああ、真理子としゃべりたい。口裏を合わせたい。でももう二度と話せない。

「でもね、彼女は死ぬ一週間前に、僕のところに戻ってきたんだ。『日本が恋しくて、あなたと結婚したら日本にあまり帰れなくなると思ったら、どんどん日本が恋しくなって。だから日本人の友だちと過ごしていたの。浮気はしてないよ。でも、マッテオと離れてゆっくり考えられたから、ブルーは乗り越えた』って。僕はいつも、今はいろんなタイプの航空券があるし、お金のことは考えず、工夫しながらしょっちゅうお母さんのところに帰ればいいじゃないか、って言ったんだけどね。」

「まあ、結婚となると重みが違うもんね。」

私は慎重にそう言った。彼は続けた。

「それからの一週間は、一方では疑いにあふれながらも、最高に幸せだった。だからもうなんでもいいから、生きててほしかった。どんなに悩んだり、人生に迷ってもいいから、死んでしまうよりは。とりあえずやってみようって、結婚について現実的につめていこうとした矢先だったんだ。生きてさえいてくれたら浮気なんてどんどんしてくれてもいいくらいだって、今は思う。こんなことがあるなんて、信じられないよ。僕は、こうして生きている。真理子がいないのに。」

そしてマッテオは耐えきれずまた涙をこぼした。私はその大きな肩にポンポンと手を置いた。

だれにもどうにもできないことの中を生きている彼の肩を。そのぬくもりを真理子は愛し、時に激しく憎んだのだろう。

そこにマッテオの友人ジャンルーカが偶然にも通りかかり、窓の外から手を振り、マッテオに招かれてさっそうと席に舞い降りて来てくれて、やっと少しだけ気が軽くなった。

なんでもいいからこの空間から出してくれというくらいに息苦しくつらかったのだ。

彼が天使に見えた。

きちんとした清潔そうな服を着ていて、元気に生きていて、明日があって、真理子を失ってない。新しい人、これまで知らなかった人。それだけでもう後光が射して見えた。

ジャンルーカは、私とマッテオがまるで別れ話をしている男女のように泥沼的に、真理子の面影の暗い迷宮に入って抜け出せなくなっていたその時間から、一瞬にして今のローマへと私を連れ出してくれたのだ。泣きはらした目をしているふたりに優しく明るく話しかけてくれたジャンルーカといっしょに、私たちはせめて一皿目だけでもがんばろうと笑顔になって、お店のおすすめのカルボナーラやアマトリチャーナ（ローマ方言では『ア』を抜くんだよとジャンルーカが話してくれた。そういう意味のない話にどんなに救われたか！）を注文した。

窓の外にはぼんやりと発光するようなローマの街。街灯が静かに石畳を照らす。華奢(きゃしゃ)な椅子に座って、金と白が基調の店、鏡にも同じ姿が映っているイタリア人たちのにぎわいとワイングラスや食器の奏でる音の中で、私はときどき気が遠くなってしまった。

この街で真理子は暮らしていたんだ。きっといつも、自分がイタリアにいることがどこか不思議なそして幸せな気持ちだったんだろう。ガラスに映る自分の顔に真理子の心が重なるのがわかった。

こんなに泣いていてもマッテオはいつかまただれかと恋をするのだろ

う。彼は体格がよく笑顔が美しい青年だった。彼はこれから時間をかけてこの苦しみを忘れ、傷を抱えながらだれかを愛するだろう。そんなのわかっている。でも先が見えていることであっても、人は精一杯味わうしかないのだ。

そうしたら真理子はどこに行ってしまうんだろう？

真理子の最後の男、最後の愛。そんなことってあるんだな。彼だけにはまだ人生の続きがあるということが。そして私にも。

真理子は今いったいどこに？

歴史の重みに耐える石造りの建物の連なる街では、人間だけが生身のものとして消えていく。日本では建物も人と共に風化して入れ替わっていくからわかりにくいのだが、歴史の重さのまっただなかに存在していると、人がはかないのは当たり前のことだということがわかる。世界のほうがはるかに大きくて、自分が死ねば自分の宇宙は終わる。そこには何の余地もない。

そのことをこんなにも淋しいと思ったことはない。子どものようにぽかんとしていた。どこにも真理子がいなくて、いつも心のどこかで探している。

空港からホテルに到着し、部屋に入り荷物が届いてチップを払い、部屋でひとりになったとき、初めて真理子がいないことを真に実感した。日本にいたら心のどこかで「真理子はローマにいるんだ」と思いこむことができた。でも、ローマにひとりでいると、真理子にはもう会えないのだと思い知った。真理子がいたらホテルを取ることもひとりで泊まることも決してなかったのだから。

マッテオが手配してくれた、テルミニ駅からそんなに遠くない私の小さなホテルの窓からは、サンタマリア・マッジョーレ大聖堂と広場が見えていた。鳩が広場の塔のてっぺんのマリア像にとまっている。象徴×象徴。暮れゆく光の中の金色に満ちたその光景は途方もなく平和で、もはや祈りそのもののように美しかった。

ホテルの黄色いスリッパの色はとても鮮やかで、高く小さいベッドにごろんと横になって、ひとりでこんなに遠くまで来たのは初めてだと思った。

これまでは空港に、日本と私を恋しく思う真理子が待ちきれずに迎えに来た。

今日、いつものゲートを出ても真理子は立っていなかった。

再会のハグをするといつも彼女からはふわっと外国の匂いがした。私のスーツケースをもぎとるように奪って転がしながら早足で歩き、滞在中なにをするかを堰（せき）をきったように、楽しそうに話しだす真理子。

思い出すと崩れそうになった。でも泣いてもしかたがない。どうにもならない。

真理子は私の幼なじみだった。近所に住んでいて、幼稚園から高校までいっしょだった。毎日のように会って遊ぶ関係というよりは、風景のように互いの人生にいつもいる人物だった。しばらく会わないと落ち着かなくて、互いの家に寄ってはしゃべったり、ごはんを食べに行ったりした。

彼女は短大を出てすぐにイタリア留学をして、日本に帰ってきてイタリア語教師をしていた。その語学学校で同僚として知り合ったイタリア人のマッテオとつきあうようになって日本で数年、その後マッテオが帰国してしばらくは遠距離恋愛、その後ローマでの同棲を数ヶ月。いったん日本に帰国して仕事を再開していたが、結婚の話が出たのでまたローマに行って、イタリア語のブラッシュアップのために短期留学をしていた。

そしてその最中に交通事故で亡くなった。

それはきっとよくある話、この広い世の中ではありふれた話。

真理子の小さい頃の姿を私は知っている。ひょろっとしていて背の高い子どもだった。黒髪のストレートヘアに切れ長の目で、鼻が高くて。彼女はそのままの姿で大きくなっていった。

真理子が長年愛用していたバックパックが、真理子の後ろ姿といっしょに浮かんでくる。ノースフェイスの古い型の。中学のときの遠足でも持っていたっけ。

真理子の実家に行くと真理子の部屋はまだそのままで、本やバッグや衣類がある。

真理子だけがいない。気配はだんだん薄れていく。

離れていても毎日のように、真理子とメッセージのやりとりをしていた。

真理子を思い出す、すぐメッセージを打つ。

今なにしてるかな？　私はこうだよ。

ただそれだけのことがなくなっただけで、今は毎日がうまく進まない。

マッテオに渡したいものがある、と真理子のお母さんに頼まれて、形見の品を取りに行った日のことだった。

母子家庭である真理子の実家にマッテオは一時期住んでいたので、お母さんはマッテオと仲が良かった。真理子が死んだときには、お母さんと真理子の弟がローマに遺体を迎えに行った。そのときは動転してとても遺品の整理や形見のことなど考えられなかった、だからしじみちゃんがローマに行くのなら、マッテオにいろいろ託したいものがあるとお母さんは言った。写真だとか、アクセサリーだとか、イタリアについて書いたノートだとか。

そんなもろもろのものを揃えて、目録のようにしっかり私に説明、確認をし終えて真理子のエコバッグにつめたあと、お母さんは言った。

「しじみちゃんもなにか持っていって、思い出に。形見として、好きなものでいいのよ。私が真理子に就職祝いに買ってあげたヴィトンのバッグとかどう?」

涙をこぼしながらその場になんとかいられたへろへろの私に、お母さんもずっと泣きながらも、そう言ってくれた。そう、お母さんにとって、娘と同じ年齢の生きている私と過ごすのがどんなにキツいことか、私は理解していた。

「真理ちゃんの、古いバックパックをもらってもいいですか? ノースフェイスの。中学生くらいのときから持ってる黒いやつ。」

私は言った。

「どうして? よりによってあんなボロボロなのを?」

お母さんは言った。

「あれが、いちばん懐かしいんです。」

私は言った。顔を手で覆って。手の隙間から涙の塊が落ちそうなくらい涙がふきだした。

「遠足でいっしょに葉山の小さな山に登ったとき、後ろを歩きながら、ずっとそのバックパックを見てたんです。空が青くて。みんな笑ってて。」

聞きながらお母さんも泣いていた。そしてクローゼットを開けて、すぐにそのバックパックを取り出した。すぐにどれだかわかるところがお母さんだなと思った。離れて暮らすことが多い分、仲のいい母子だった。

真理子のクローゼットがこんなに整理されてたことはないよなあ、しみじみとそう思った。

いつもいろんなものがてきとうに詰めこまれていたから。

こんなにきれいだなんて、つまり真理子は死んだんだな、と。

私はバックパックを抱きしめて、また泣いた。

するとお母さんは私からいったんバックパックを取り上げ、きょとんとしている私の前で、バックパックの中にヴィトンのバッグをぎゅうぎゅう詰めにして、赤い目でにっこりと微笑んで私に手渡した。私も精一杯の泣き笑いを返した。生きている人同士の生きた瞬間。人と人が微笑みを交わす意味そのものがそこにはあった。

二日目の朝はゆっくり起きてホテルで朝ごはんを食べず、テルミニ駅に新しくできた「ローマ中央市場」と名づけられたフードコートの高級版みたいなものに行った。

マッテオが午前中仕事を休んでつきあってくれた。

大テーブルに席を取って、たっぷりと黒トリュフがかかった、ペコリーノチーズと胡椒のパスタ（これもローマ名物で、カチョ・エ・ペペという）をのんびりと食べて、大きなボトルのガス入りの水を分け合って飲んだ。

マッテオは切り売りのピッツァを食べていた。

いろんなお店が屋台のように並んでいて、なんでも好きなものを買って、フロアに並べられたテーブルの好きな席で食べることができる。日本のラーメンの店もあったし、ステーキの店もあった。同じくローマ名物の三角のピッツァ生地に具を詰めたものの専門店も。バーもあれば、デザートだけの一角もある。名前通りほんものの市場のような、すごいにぎわいだった。あまりにもたくさんの人がいるから、気持ちごと風景に溶けこめそうな気分だった。

「真理子も君が食べたトリュフの店のカチョ・エ・ペペが大好きだった。

友だちって好みが似るんだね。」

マッテオは言った。

がやがやとうるさい場所の大テーブルにいても、彼の英語は聞き取りやすかった。イタリア人の英語は発音がはっきりしていてありがたい。

「そうでしょう？　そうだと思った。追悼の旅だから、真理子がいかにも食べそうなものばかりを食べようと思って。真理子はまるで豚のようにいつもトリュフを追いかけていたから。」

私は笑った。

それを聞いてマッテオも心からの笑顔を見せた。

昼間のほうが明るい気持ちで会えた。また真理子のいない一日をお互いにちゃんとしのげた、そういう気持ちだった。ほんとうは今すぐ遠くまで、薄れるところまで逃げだして楽になりたい。でも、日は一日ずつしか過ぎてはくれない。

私が形見を持ってわざわざやってきたことで、マッテオをまた悲しいことを思い出す世界に引き戻してしまって、申し訳ないなあと思っていた。

私にとって真理子は大切な友人だったが、これから日伊に別れて暮らすことになっていた。ふだん日本に真理子はいなかったから、悲しみが襲ってきて泣くことは毎日のようにあっても、どこか実感がなかった。ただ常に生活の全てが悲しみの重低音に覆われてるという程度だった。

しかしマッテオにとってはこれから人生を密に共にしていく人だったのだ。私の悲しみとはわけが違う。もっときりきりした痛みを感じているだろう。

今はたまたまそのふたりの感情の線が同じ高さで交わっているだけなのだ。

それでもマッテオの胸に真理子のペンダントが揺れているのを見ると、よかったなと思った。今の時間の中で、もともとは日本にあったものが彼の手に渡っている。時間がちゃんとたっている。進んでいる、そんな感じだった。

私にとってのローマは、コロッセオでもフォロ・ロマーノでもバチカンでもボルゲーゼ公園でもなく、あくまで真理子とマッテオが住んでいるテルミニ駅周辺なのだ。

「うちの近所にはしじみの好きそうな、魔法の扉っていう元錬金術師の館の扉があるんだけど、治安のいい場所じゃないから、女だけで行くのはちょっとね。ヴィットリオ・エマヌエーレ二世公園の中にある、変な扉なの。エジプトの神様の彫刻があって。作った人は扉の中に消えていなくなったっていう話まであるんだよ。」

と真理子が言っていたことを思い出した。マッテオがいるときにいっしょに行けば大丈夫かな？　と。

マッテオに聞いてみたら、今は工事中で入れないということだった。私の「真理子宿題」の中で、できないことがひとつ残って、ちょっとがっかりしたし、いつかまた来ようという小さな希望にもなった。そのときには明るい気持ちでローマを歩けるだろうかと。

そして、ローマ二日目のその日、私はマッテオと別れた後、ジャンルーカと食事をして彼の一人暮らしの部屋で彼と寝たのだった。

しなくてもよかったことだったな、とちょっと後悔したけれど、セックスによってずっと私をもやのように覆っていた薄い憂鬱を、淋しさを、いっとき忘れられたのは確かだ。

死んだ友だちの彼氏ならまだしも、死んだ友だちの彼氏の友だちといきなり寝るというのは、よほど偶然の成り行きがないとできないことだと思う。

もうきっと二度と会うことのないイタリア人男性。きれいな目をしていた。四十代後半、金髪はちょっと薄くなって白髪が出ていた。

ジャンルーカに夜ホテルのロビーに迎えに来てもらって、リベンジするかのように、モルガーナにもう一回行った。

行きたがったのは私だった。とてもすてきなお店だったのに、マッテオと私は泣いてばかりで味なんてまるっきり覚えてなかったから。真理子が好きだったそのお店で、名物の羊をどうしても頼みたかったのに。

初日の夜に帰るとき「味がわからないほど悲しかったから、明日もまた来たい。」と言ったら、マッテオは「ごめん、明日の夜は仕事のミーティングが入ってる。」と言い、バツイチひとり暮らしのジャンルーカが「じゃあ、僕がつきあうよ。」と言ってくれたのだった。天使にそう言われて嬉しかったのが、気持ちのゆるんだ原因であるのは否めない。

真理子はモルガーナについて幸せそうに何度も語っていた。

何を食べてもおいしいんだよ、だから記念日に行くことにしてるの。そういうときは何を食べるかいつもマッテオと真剣に検討するの、メニューを端から端まで読んで、カメリエーレにいっぱい質問して。

真理子の笑顔を鮮やかに思い出す。

ジャンルーカと私には語るべき思い出がないから、同じお店に行ってももう泣かなくて済んだ。それだけでありがたかった。

特に会話ははずまなかったけれど、彼は気を遣って、彼と真理子の少ないエピソードを心をこめて語ってくれた。通訳の派遣をしている彼の仕事を、マッテオの友だちのためならとピンチヒッターで請け負ってくれた真理子の気転が利く様子。急な仕事でも動じずに、できるかぎりやりとげた話。真理子のまじめな性格を知り抜いている私にとって予想外のエピソードはひとつもなく、真理子が死んだことを忘れてしまいそうなくらいにリアルに様子が浮かんだ。

私は今度こそ焼いた羊をオーダーし、ジャンルーカと分けあって食べた。真理子の好きだったこの店の名物、チョコレートソースがたっぷりかかったパンナコッタまでがっちりと食べた。それで私の「真理子モルガーナ宿題」がちゃんと終わったので、ほっとしていた。

そして店を出てホテルに送ってもらうとき、食後酒でもと誘われて自然に彼の部屋に寄った。

怖くもないし大好きでもない、そして欲望もかきたてられない、そんなセックスだった。ただまだひとりになりたくなかった。なにか温かいものに触れていたかったのだ。大きな腕や、ふさふさした毛のようなもの。だからちょうどよかった。

「大切な友だちが亡くなったこと、ほんとうに、残念だ。そんなときに僕とこんなふうにすてきに過ごしてくれてありがとう。」

ことが済んだあとでも面倒がらずにホテルまでしっかり歩いて送ってくれた彼は、最後にそう言って、私を抱きしめた。

セックスするよりずっと、月明かりがきれいな夜の道を、もう性欲も抜けてただ人としての思いやりを持っただれかといっしょに歩いていくことが、幸せだった。

だれにどんなふうになぐさめられるより効いた。

よく知らない人なだけに、純粋な人間愛とでもいうようなものがじわっと伝わってきたのだ。

恋はしていないし、でもちょっとだけ欲望を分かちあった、その距離感ならではの思いやりが。

日本だとなぜか「男の欲望にこたえた」ことになるこういうセックスが、この国では「力を分かちあった」という感じになる。それは弱っている今の私にとって救いだった。

彼女の短期留学中に一度ローマに遊びに行くことを決めて、滞在について具体的にやりとりしていた真理子からの最後のメッセージは、新しい恋にまつわるものだった。

私はびっくりした。彼のご両親と会って話したり、住むところを引っ越すかどうか考えたり、イタリア語の実力を深めに行ったんじゃなかったのか？

「なんか婚約しようっていう矢先に、出会いがあって、かなり好きな人ができちゃって。それが、日本人なの。でも、まだわからないな、この気持ちがどうなるのか。ちょっと様子見てみる。好きにもいろいろあるじゃない？」

絵文字もなく淡々と書かれたそんな言葉たちに私はびっくりした。これがあの有名なマリッジブルーというやつか。こんなに安定したカップルにもあるんだな、と思いながら。

「え？　ほんとに？　今度行ったとき話聞くよ。もしやマッテオに買ったおみやげをその人に渡すことになるのかな？　それでもいいよ、真理子が選ぶ道なら」

「それはないと思う。でも、こちらでは表に出さないだけで、けっこうみんな浮気するからなあ。マッテオだって離れてるときはなにやってるんだか。私の気持ちはそういうこと目当てじゃないんだけどね。日本人に飢えてるのかもしれない。身体中に金色の毛が生えてない男の裸は恋しいけど」

「その境地は私にはわからないけど、想像できなくはない」

「もう再来週会えるね。待ってるから。あ、パスポート忘れないようにね」

「パスポートだけ持って、手ぶらで行く。真理子、どうか慎重にね。ゆっくり考えて！」

「大丈夫、バカなことはしない。ちゃんと考える。詳しいことまた話すかメールするね」

そのやりとりの先はもうなかった。何回も何回もそのやりとりを見た。暗記してしまうくらい。時間があるときゆっくりメールを書こうと真理子は思っていたはず。真理子がどんな人と出会い、どう思ったのかを。

そして真理子は死んで、私の楽しいはずの旅は延期になり、全てが落ち着いた今、真理子のいないローマに私はやってきた。

私たちはまだ三十代で、これから世界中のどこにでも行けそうな気持ちでいる／いた。

それは確かなことではあるけれど、今いる場所にいつのまにか根が生えてしまって、土の中に深く張っていって、動こうとしても動きにくくなるであろうことが予想できる、そういう年齢でもあった。

ちょっと植えかえてみたいとか、違う土の中で自分がどう育つか見たいとか、そんなことを思う時期。

気づいたらここにいた、そんな自由の風を感じる意外な瞬間がいちばん好きな私（だからジャンルーカと寝てしまったりしたのだが）は、真理子がイタリアという国にいつのまにか人生ごと飲まれてしまって動揺している感覚が少しわかる気がした。

永遠の開放感と、決して消えない疎外感と。

日本に帰ってきた真理子の服も香りも表情も、もう日本にずっと住んでいる人のものではなくなってしまっているのを、本人も知っていたはずだ。

そして、もし日本で仕事を探すとしても、またイタリア語の学校の教師かイタリア文化会館の職員かイタリアとの輸入貿易関係か……彼女の人生は、彼との人生を過ごしたことによって、いつのまにかかなりはっきり決まってきてしまっていた。

そのことがわかっているだけに、ちょっともがいてみただけなのだろうと、わかってはいた。

ついに三日目の朝を迎えた。

ローマ最後の日だった。

ベッドの上でメールを書いて、ホテルの部屋の窓を開けて、五月のローマの心地よい空気を部屋に入れた。

私にも日本での英会話学校のマネージメントの仕事があった。三年前にその学校を経営している友だちに頼まれてついた仕事だった。今回、休みは三日しか取っていない。明日の朝にはもう日本に帰る飛行機に乗る。

日曜日の朝に帰国して、月曜日からはまたいつもの生活に戻る。きっと時差ぼけになって、それがだんだんと取れていって、それと同時に真理子のいない人生に慣れていく。

これで、私のすることはほとんど終わり？　そうか、あっけなかったな、と私は思った。

もう真理子にまつわる作業は残っていない。信じられなかった。この旅の日が来るまではとかなり気を張っていたので、気が抜けた。

真理子にまつわることをまだ終わりにしたくなかった。

でも私にはもうすべきことは実のところなかったし、そもそもそんなものは最初からなかったのかもしれない。

それなのに、まだ何かがあると私の心が語っていた。今はなにかまだわからない、でも、なにかすべきことが。

ジャンルーカと寝たことを、真理子に言いたかった。言って笑いたい。思い切りからかわれたい。恥ずかしがりたい。

なんでもいい、少しでもいい、真理子の心の真相に近づきたかった。

真理子はだれを好きになり、どうやってそれをあきらめてマッテオとの結婚を決めたのだろう。

それを私にどういうふうに伝えたかったのだろう。

そんなことがわかったってしかたない、真理子が帰ってくるわけではない。なにがわかったところでその真相を聞くことはもう一生できない。私の勝手な推測にすぎない。私の中の真理子以外にもう真理子はいないのだから。

それでも、彼女が私に話したかったことの続きが聞きたかった。

神様、どうか真理子と会わせてください。もう会えないのはわかっている。でも真理子の心の動きの真実を私に伝えてください。なんらかの奇跡によって。うんと小さいのでもいいんです。

　私はとりあえず服を着替えて、ホテルを出て、ホテルの前のサンタマリア・マッジョーレ大聖堂で、そう祈った。

　調べてみたら四大バシリカのひとつだって言うし、過激な信仰者を抱え、ライオンを従えていた古代の女神、キュベレの神殿跡に建てられたというではないか。そして教皇が夢の中のマリア様に「真夏に雪が降る場所に教会を建てなさい」とお告げを受けたら、この場所に真夏に雪が降ったから建てたというではないか。奇跡を期待するにふさわしい場所だ。

　大理石の柱を抜け、モザイクを眺め、ベルニーニのお墓に手を合わせ、マリア様に祈った。信仰がない私がその場でできることをなんでもかんでもやってみた。

　一心に祈っていたら、突然頭の中に映像がさっと流れるように、海の底からあぶくが上ってくるように、真理子と過ごしたひとつの光景が浮かんできた。

「ここのコーヒーがいちばん好き。このお店も大好き。いつも混んでいて活気があって、いるだけで元気がもらえるから。近くに来たらわざわざ寄るのよ。」

真理子が言って、エスプレッソのカップを片手に持って……そこには女神みたいな絵が描いてあって……どこだっけ？

いっしょにパンテオンに行ったときのことだった、と思い出した。

そうだ、あのエスプレッソを飲みに行こう。真理子が好きだったお店に行こう。

やることができたら急に心に光が射してきたような感じがして、私は教会を後にした。

さっきお墓にまで行ったんだから一応見ておこうと思って、ナヴォナ広場沿いのカフェでベルニーニの華やかな彫刻がある噴水を眺めながら、観光客らしくタルトゥーフォという、トリュフを模した重いドルチェをがんばって食べた。真理子の好きだったトリュフつながりで、宿題のおまけの気分をもって。

広場には、どうしてこんなにも人がいるんだというくらいの数の各国の観光客がいて、巨大で迫力のある四大河の化身までもがまるで少し大きな人間にすぎないかのように、人混みにごちゃごちゃと混じってさりげなく見えた。噴水の真ん中にそびえ立つオベリスクもツアーコンダクターが掲げる旗のようだった。

人波をかきわけるようにすたすたと歩いて壮麗なパンテオンを懐かしくのぞいた後、行きたかったサンルイージ・デイ・フランチェージ教会に行き、カラヴァッジオの絵を見た。

真理子といっしょに見たときは、歩き疲れて早くお茶しに行こうよとななめにさっと見た聖マタイを描いた連作の暗い魅力が、今の私の心には強く深くしみてきた。

「マッテオっていうのはつまり聖マタイから取られた名前なのよね。」

と真理子が絵を眺めながら言ったのをよく覚えていた。

徴税人だったマタイがキリストから召喚される場面、天使との福音書をめぐっての対話、生々しい殉教の場面、映像のような動きのある絵だが、天使さえも暗い影の中の存在として生きている不思議な描き方だった。今回の私の旅の気分にはその暗い天使があまりにもよく似合っていた。時間を忘れて教会の真ん中にたたずみ、ずっと眺めた。暗い心を癒す暗い芸術の強い力にしんから慰められる思いだった。

私は、この絵のような永い時を生きることはできない。それでもまだ旅の途中であり、人生というのは決して明るいものではない。むしろ暗い勢いを持って、茨の道をただ歩んでいくものなのだ、それは良きことであり、それでいいのだと、聖マタイの表情を見ていてしみじみ思った。天使の服がまるで風のように渦巻いていて、指の形も美しかった。聖マタイの裸足の足の明るい色も、影ばかりの暗い絵の中に生命力を添えている。

ほんとうはこの絵には別バージョンがあり、大戦で焼失したらしいのだが、写真で見たその絵の天使の雰囲気も恐ろしく生々しかったのを覚えている。聖マタイの足がもっとむきだしで、天使は彼にもたれかかっているようだった。人間味がありすぎるその描写に驚いた。カラヴァッジオは何を考えていたのか、すごい才能だということに改めて気づいた。心が弱っているとき唯一いいことは、こうしたことによく気づけるということだ。

そこからはほとんど一本道で、真理子が大好きだったバール、タッツア・ドーロにたどりついた。店の看板にもなっている、コーヒーの女神を金色で描いてあるカップを見て、まちがいない、真理子が連れてきてくれたのはここだ、とほっとした。

あの日と同じ、たっぷりときび砂糖を入れたダブルのエスプレッソを飲みながら、お店の内装のむだがなく重厚な美しさや置いてある女神像の細さにうっとりとしていたら、急に声をかけられた。

「しじみさん？　しじみさんでしょ。あなた。うわ、ほんとうに？　マジで？」

首も体もとても細い、黒いTシャツに多分ユニクロのストレッチデニムであろうものをはいたきれいな顔の日本人の青年が、急に話しかけてきた。

「あなたは……だれ？」

私は言った。イタリア関係の知り合いの顔を必死で並べてみたけれど、思い当たらない。

「もしかしたら、あなたは真理子の友だち？　あの？　最近知り合った？」

彼はしっかりとうなずいてエスプレッソをオーダーし、カウンターの私の隣にやってきた。

私の心は感動に震えていた。会えた、この人に会えたんだ。

その間にも店のおじさんたちは誇り高く、機械よりも機械みたいにどんどん飲み物を作っていた。並ぶ皿、カップのかちゃかちゃと鳴る心地よい音。どんどん出るエスプレッソ。グラスにたまるチップ。きれいに並べられたお菓子。たくさんの人がカウンターに立ち寄ってはさっと飲んでまた立ち去る。なんていいテンポだろう。人が仕事をしている物音は耳に心地いい。

「そうです、最後のほうの一週間、真理ちゃんは僕の家にいました。あ、安心してください。僕は、ゲイです。僕の恋人がちょうどその頃出張でヘルシンキに行っていて、家出してきた彼女をうちに泊めてました。」

彼は言った。切れ長の目で黒い髪を横分けにしていて、いかにも海外でモテそうな感じだった。彼の見た目は真理子にどこか似ていた。真理子の実際の弟以上に。

「あれ？　真理子ってあなたに恋してたんじゃなくて？」

私は聞いた。

「ないない、それはないって。」

彼は笑った。そしてスマートフォンを出して、写真を探し出して見せてくれた。

「真理ちゃんと料理したときの写真。」

真理子と彼が顔をくっつけて、にこにこしながら皿の上のおにぎりをこちらに見せている自撮り写真だった。真っ黒い海苔がきらきらしている。

「ね、ほんとうでしょう？　よかったらうちに来ませんか。お渡ししたいものもあるし、僕の彼は仕事で夜にならないと戻らないので、僕しかいません。そして安全は保証します。」

ちょっとくねくねしながらそう言った彼がかわいく、

「もちろんです、話を聞かせてください。」

と私は身を投げ出した。

彼は微笑んで言った。急に親しげな口調で。

「僕、これからEATALYに買い出しに行くんだけど、いっしょに来ない？　うちでお昼を簡単に作ってもいいし。しじみさんがもしお土産とか買ってないんなら、買い物にもちょうどいいし。何時まで時間ある？　あっちに車停めてあるんだけど。」

知らない人の車に乗るのか……と思いながらもついていくことに決めた。このめぐりあいは偶然ではないと確信していた。

マッテオとの最後のディナーの待ち合わせは夜八時。時間的には大丈夫だろう。

「夕方にいったんホテルに帰りたいんだけど、土地勘がないから、心配。送ってもらえるか、タクシーを呼んでもらえる？」

私は言った。

「もちろんだよ。きっとあの店に行ったら、間違いなくしじみさんも大荷物になるから。」

彼は言った。私はたずねた。

「ねえ、名前を聞いてもいい？」

「僕？　僕は健一。細田健一といいます。フォトグラファーをしていて、主にファッション誌で仕事をしています。」

にっこりとして彼は答えた。

自分に性的興味を全く持たない人特有の気楽さと、日本語を話せる気楽さが急に私を柔らかく包んだ。どれだけ気を張っていたか初めてわかった。

真理子の最後の思考にまた一歩近づけた。

健一の小さなフィアットに乗って、EATALY に行った。

四階建てのピカピカの建物の中が全部雑貨や化粧品や食材や料理本やワインや調理器具でいっぱいの、夢のような空間だった。

私はローマに来て初めて我を忘れてキラキラした気持ちになり、いったん健一と解散しておみやげを買いまくった。珍しいパスタや、なべつかみや、様々なチョコレートや、塩や、石けんや。きっと真理子も大好きだっただろうと思う。もしふたりでここに来ていたら、五時間はいられるね、と心の中の真理子と話した。

まだ金曜日の午後なのに、ローマ中の人が集まっているのではないかと思うくらい賑わっていた。日本でも大きな高級スーパーで休日にはよく見る光景だ。その日だけの食材や調味料を吟味して、単調な生活を楽しくする、そんな場所。

人類が週末に向けて準備したいことはどの国でもみな同じだ。採れたて野菜を選んだり、クラフトビールの試飲をしては気にいったものをちょっとずつ買ったり、時間のかかる肉料理のために肉を選んだり。

塩やトリュフの瓶詰めや蜂蜜やパスタがいちいち何十種類もあり、ワインに至っては国内外のものが溢れんばかり、ワンフロア分はあったのではないだろうか。

健一との待ち合わせ場所に行ったとき、足は疲れていたけれど私はすごく元気になっていた。夢中で食材や雑貨を選ぶたわいのない時間を過ごし、この旅で初めて、帰国して買ったもので食事を作ったり、家族に配ることを想像して先のことを楽しく思い描けた。

健一は、

「なに食べたいか聞き忘れたから、勝手に買っちゃったけど。」

と言った。

「もちろんおまかせします。でも、見て、あの大きなカチョカヴァッロ。おいしそう。生ものは持って帰れないから残念。」

私は言った。まるで彼をずっと昔から知っているかのようにはしゃいで甘えて。

「じゃ、あれも買おう。」

彼は微笑んだ。

「とりあえずローマ名物の、ブカティーニっていう真ん中に穴が開いているパスタといちばんおすすめのブランドのアマトリチャーナソースと、ワインは買ったから。あ、僕は君をホテルに車で送ってくからもちろん飲まないよ。安心して。じゃ、あのカチョカヴァッロチーズと新鮮なつけあわせ野菜だけ買い足しに行ってくる。君は来なくていいよ、入り口の近くのカフェでなんか飲んで待ってて。その大きな荷物見たら、ついてきてとは言えないよ。」

そして彼はフットワーク軽く、エスカレーターに乗って去っていった。

真理子が彼と出会って日本語で話せて、でもイタリアで出会った日本人だからというのではなく、人として友だちになれるような人である彼と時間を過ごすのをどれだけ嬉しく思ったか。このできごとでいっそう深く深く理解できた。真理子が近くにいる、彼女が死んでから初めてそう実感できた。

健一の家はエレベーターのない三階に、つまり日本でいうところの四階にあったので、私の荷物は車に積んだままで、健一の買い物分だけを手分けして階段を登った。

ドアを開けるとだだっ広いスタジオのような空間があった。大きな窓の外に、ローマの街がパノラマのように広がっている。四階だからさほど高くないので、建物に手が届きそうな臨場感があった。

「僕の彼はインテリアプロダクツの会社のデザイナーで、いろいろ持ち帰ってくるからとにかく空間が必要だったんだ。ふたりとも仕事はけっこう忙しい。まあ、僕はぺーぺーで、彼がうんと稼いでるからこんな広いところに住めるんだけど。」

そんなにお金のかかっていない様子だったが、ものが少なくよく整頓されていて、センスがよい暮らし方だった。

「天井が高くて気持ちがいいね、倉庫みたい。」

私は見上げて言った。モダンなデザインのシャンデリアが真っ白い天井の高いところで小さく輝いていた。

「ここ、景色もいいし、シンプルでいいでしょ。階段がたいへんなのと、冷暖房の費用がたまにきず。」

そう言って健一は窓を開けた。

都会の音が風に乗って届いてくる。車の音や、遠くの工事の音。

この人はこんなにも日本人なのに心はもうイタリア人なんだろうと思った。それでも日本語で話せるこの距離感がありがたかった。彼は真理子と同じだ。もうどちらの国の人でもない。だからこそ、真理子は運命の出会いだと思ったのだろう。それが恋愛感情ではなくても、もっと深いものだと。でしょ、でしょとくりかえし言う真理子の声が聞こえるようだった。

手伝おうかと言っても、ただパスタをゆでるだけだからと彼は断った。なので景色と同じように眺めていたが、彼は調理の手際がよかった。

待っているあいだ、彼の撮ったモノクロの写真が部屋の壁にあちこち飾られているのもじっくり見た。風景ばかりだったがありきたりなものではなく、地方の崖やそこに建った教会を撮っているものが多く、かなり優れていた。才能があるんだなと私は思った。

できあがったブカティーニは確かに真ん中に穴が開いた太麺で、アマトリチャーナソースとよくからんだ。健一が買ってきたグアンチャーレという、豚の頬肉の塩漬けの塊を切って炒めたものが入っているのがおいしかった。

そして厚切りにしてさっと焼いて焦げ目をつけたカチョカヴァッロチーズのおいしかったことと言ったら、がまんしきれずについワインを一杯いただいてしまった。つけあわせの薄切りのフィノッキオは新鮮で、チーズにつけるために添えられた蜂蜜も香り高くすばらしい味だった。

いいんだよ、僕は昼は飲まないからと、ライムをしぼったガス入りの水を飲み、冷めたチーズを手でつまんで食べながら健一は言った。

ローマの街を眺めながら、大きなソファでくつろいで飲む白ワインは最高だった。

真理子は私に全部を伝えてないことがとても気がかりだっただろう。

それは今や、全て解消されていた。

真理子のたどった道をたどり、感情を理解し、私の気持ちもやっと落ち着いた。私は健一にすっかり救われた。

しかし彼との偶然の、いや、小さな奇跡の出会いの理由には、まだ小さなおまけがあった。

「さて、本題に入ります。」

そう言って健一は立ち上がった。食事を終えてエスプレッソを飲みながら、私が買ったチョコレートをいっしょに食べているときだった。

「見せたいものがある。そして、どうしても渡したかったものが。しじみさんと、婚約者のマッテオさんと、真理ちゃんのご遺族に。そのためにもうちゃんと三枚、ディスクに焼いてある。会えたのは奇跡だと思う。それは、真理ちゃんに頼まれて、僕が遊びで作った真理子アニメ。マッテオさんへの仲直りのプレゼントだったんだ。ほんとうは仲直りと同時に彼女が渡すはずだったんだけれど、僕の仕事の締め切りと重なって編集が遅れて、真理ちゃんは死んでしまった。連絡が取れなくなって、人づてに真理ちゃんが死んだのを聞いたときは、申し訳なくて発狂しそうになった。縁を手繰り寄せればマッテオさんになんとか渡すことはできただろう。でも、亡くなってすぐにこれを見せるのは、あまりにも残酷だと思って、機会を待っていたんだ。まさに今がその機会だ。こうしてちゃんとやってきた。」

健一はそう言いながら、私の座っているところにMacBookを開いて持ってきた。

そしてファイルをクリックした。

目の前で再生され始めたのは、線で描かれた真理子（目が大きくて、髪の毛がストレートなところがそっくりだったので、すぐわかった）のアニメーションだった。

真理子の声で吹き替えがされていて、いきなり真理子の声が流れ出した。

ああ、真理子の声！　懐かしい！　と私は思った。

これから一生真理子としゃべれないなんて、どうしていいのかわからない。そのくらい、なじみのある声だったから。笛のような、鳥のような、高くて澄んだ他にはない声だった。

日本語で語る真理子の下に、イタリア語字幕がついていた。

「私は日本が恋しかったの。もう住めなくなると思うとなおさら。」キャラクターになった真理子は言った。真理子の頭の上に日本の食べ物が並ぶ。コンビニで買い物をする真理子。こたつに入る真理子。

観ていたら思わず涙と笑みがこぼれた。

アニメ界ではちゃんと生きているバーチャルの線人間の真理子。

「おにぎり、こんぶ、明太子。うどん、カップ麺、コンビニのチョコレート。お味噌汁。優しくてていねいな表示。きちんとしたインフラ。店の人が最後まで親身に対応してくれるところ。それから、日本のおじいちゃんやおばあちゃんののんびりした歩き方。わずらわしい規則や、こんもりまるい山。こたつとみかん。日本のアニメやドラマ。時代が変わってきてるから、きっと、もうすぐアニメやドラマはどこにいても見ることができるようになるね。それは救い。」

健一といっしょに道を歩く真理子。手をつないで、子どものように。

「私は、健一と友だちになったから、たまに日本が恋しくなったら健一の家に遊びに来ることにしようと思う。ヤキモチ焼くかな、マッテオは。でも、健一は私の日本。だれにも奪えないこの気持ち。」

飛行機に乗っている真理子。

「こっちに住むってことは、お母さんが病気になったりしても、ひんぱんには会えないってことだものね。それはほんとうに悲しいこと。でも、貯金しておけば、たとえ子どもがいても、会いに行けるものね。明るく考えなくては。」

線人間のマッテオ（真理子が写真を見せたのだろう、ものすごく特徴を捉えていた）を抱きしめてたくさんのハグを送る真理子。線の赤ちゃんを抱く真理子。現実にはかなうことのなかった金髪の赤ちゃん。

「こうしてゆっくり考えてみると、これからの人生にマッテオがいないこと自体がありえないから。彼は私の大切な熊さん。彼のお母さんもお父さんも大好き。私が違う国の人だから、よくわからなくて優しいっていうのもあるんだけどね！」

マッテオのご両親と赤ちゃんといっしょにテーブルを囲む真理子。果たせなかった真理子の夢。

「だから健一のことを好きで好きでしかたないのは、異性としてじゃないのよ。健一。勘違いしないでね。黒い髪、細い関節、くるぶしの形、毛の生えてない腕。そういうものがちょっと恋しいだけなんだから。そして、わかっているの。私の恋しい日本は、今の日本じゃなくって、私が小さい頃の日本。だから、きっとそこはもうこの世にないのよ。実家の前のきれいな古い洋館も、すっかり取り壊されて新しい家が建っていたし。」

ローマの街並みを風のようにかけぬける真理子。

「私はローマも大好き。特に五月のローマが好き。ここで暮らすことができて幸せ。もしも日本に帰ったら、ローマが恋しくて頭がおかしくなってしまうでしょう。建物の隙間から見えるコロッセオには毎回ほれぼれする。」

線人間の真理子の後ろには線画で描かれたコロッセオやボルゲーゼ公園やバチカンやスペイン広場が流れていく。

「さて、マッテオのところに帰ります。ティアーモ、マッテオ。疑わないでね、健一は女性には興味がないし、区役所でちゃんと結婚したパートナーもいるんだからね。」

線でできたかわいい真理子はたどたどしく動きながら、マッテオに投げキッスをした。

そして画面は消えた。

泣いている私の肩を健一は優しくとんとんと叩いて、DVDを三枚くれた。

「これをしじみさんに託します。真理ちゃんと僕の共通の知人の日本人たちはマッテオさんとは親しくはなく、マッテオさんには僕が何者かもわかっていない。とてもデリケートな問題だから、託す人を選んでいた。まさかしじみさんに会えるとは。真理ちゃんとは、彼女の行きつけの、日本人がスタイリストをやっている美容院で、たまたま僕がそこの店長の友だちなので頼まれて代理で受付バイトをした日に出会ったから、人間関係が全くリンクしてなかったんだ。」

彼は言った。

「健一くん、あなたは神のつかいよ。ほんとうに。」

私は言った。

「君もだよ。ちょっと早くあちらに行くことになっていたいい人のために、天使たちはこうして暗躍するんだろう。でもわからないよ。天使ではなくて、オルフェオのオペラに出てくる三途の川の渡し守みたいなものかも。死を決定的に死に固定してしまう、悲しいだけの仕事なのかも。でも、そういうできごとは人にとって必要なんだよ、きっと。」

彼は言った。

「真理子が死なないようにすることは、神様にも、閻魔様にも、どうにもできなかったのかなあ。真理子、あんなにいい人で、いっしょうけんめいに生きていたのにな。」

私は言った。

「それだけはきっとだれにもできないことなんだろう。だからまだ生きている僕たちは食べたり、飲んだり、映画を観たり、作品を作ったり、けんかしたり、きれいなものや汚いものを見て感想を持ったり。こうして悲しくも意味のある行動をしたり。」

きれいな横顔で健一は言った。

その言葉は奇妙に深く私の心にしみた。明るい光が西日に傾き始め、本棚に並ぶ写真集や花瓶の花を美しく照らしていた。

真理子がここで覚えたこの安らぎを、マッテオや真理子の家族に届けることができる。

そんな仕事をまたひとつ請け負って悲しみをしのぐ。

「しじみちゃん、なんで僕の友だちと寝たりするの、何しに来たんだか。」

そう言いながらも、マッテオはげらげら笑っていた。久しぶりに心から笑う彼を見た。笑うことができるネタを提供できただけでもよかったと思った。私も自分がやらかしたことを、真理子の代わりにマッテオに笑ってもらえて気が済んだ。日一日と彼が自然に笑える時間は長くなっていくはず。それでいい。この人たちはほんとうにそういうところはこだわらないのだ。ある意味セックスに重きを置いてない、そこは日本人と違うところだと思う。

「やっぱりばれたか！　恥ずかしい。私、ふだんはそんなこと絶対しないんだけれど、あの日、真理子のいないローマが味気なくて、淋しくて、ひとりではいられないような気持ちだったから。ごめんごめん。ジャンルーカにもそれはわかっていたよ。はっきり言ったし、もう会わないから。よろしく伝えて。」

　私は言った。

「それって、相手が僕でもよかったたってこと？」

　マッテオは言った。ほんの少し、一ミリくらいだけ目がまじめで、ああ、女として生きるというのはこういうことなんだよなと私はまるで他人事のように思った。

「いや、絶対ない。真理子のことを思い出してもっともっと悲しくなるだけだから。」

　私は笑った。

「僕も。」

　そう言ったマッテオの笑顔もゆるんだ。その瞬間、私たちは純粋な友だちにまた戻った。もう晩ごはんをいっしょに食べてワインを飲んでも安心だ。

「しじみのホテルからそんなに離れていないカジュアルな店で、肉でも食べようと思って予約したんだ。そこも真理子が好きだったお店だよ。メニューのデザインがかっこいいって写真まで撮ってた。今日はローマ最後の夜だね。明日、朝空港まで送れなくてごめん。仕事があるから。」

「ありがとう。明日はタクシーを予約してるから大丈夫。」

私は言った。

石畳を歩いているときだけの、足の裏の固い感じをしっかりと味わいながら。

私はもしかしたらもうここに来ることはないかもしれないのだ、そう思いながら。少なくとも、友だちが住んでいて「また来るに決まってい る」というのんきな気持ちではもう歩けなかった。

この国では二十時閉店といったらもう十九時四十五分には店を閉めはじめるという意味になる。なので、ほとんど全部の店の人がじょじょに店じまいの支度をしている中を見物しながら歩いた。ウィンドウの電気が消され、外にあるものがどんどんしまわれていく。その光景に旅の終わりの気分が重なった。

あれを観たら、マッテオはいっそう悲しむだろう。でも、それだけではないと思う。一生残る真理子の面影から謎と嫉妬が消えて、ただ優しい懐かしいものになるすばらしい変化への手伝いができる。

私は、真理子のために、あの映像をマッテオに届けるために、きっとここに来たのだ。

ローマの神様、ありがとうございます。

その計らいを感じて、天を見上げた。神様に触れる場所の多いこの街で。

もちろんわかっていた。私は真理子を失って傷ついた自分自身のためにここに来ただけ。

しかしそのことが、私の中に生きる真理子の魂をも癒すのだ。

「仕事帰りの僕と真理子は、よくここで待ち合わせをしたよ。飲みながら待っててくれて、ガラス越しに互いを見つけて手を振りあった。」

たどりついたのは、全体的に黒っぽくてバーカウンターが真ん中にある、カジュアルな感じの創作料理の店だった。変わった名前だなと思った。

「カロンテ、って、三途の川の渡し人の名前なんだね。」

その単語を調べながら私は言った。さっき聞いたばかりの単語。偶然とは思えない計らいは私の動きが間違ってない証拠だという感じがした。

「形見を持ってやってきたしじみの、最後の夜にふさわしい名前だ。」

マッテオは笑った。

カロンテはリブ肉が売りのワインバーのような店だった。確かに真理子が好きそうな、ストリート風のおしゃれなデザインのメニューには、聞いたことがないような創作料理の名前が並んでいた。私たちはワインを一本と野菜のフリットとメインのＢＢＱリブだけ頼んで、マッテオにすぐに見せるためにデータでももらっていた真理子アニメを、私のiPhoneでいっしょに観た。

彼はバーチャルの真理子を見つめ、私と同じように魅せられて、泣いたり笑ったりしていた。そして観終わったときに彼の顔には鮮やかな明るい光があった。彼の光が暗い店の中を照らすようだった。真理子の声と姿が彼の淀みをきれいさっぱりと流し去り、心をくりかえし襲う闇のようなものからすっかり救いだしていた。

「ありがとう、しじみ。健一という人にもメールを書いてお礼を言うよ。

ありがとう。しじみがいなくても、いつか僕は人づてに健一を探してもらって、これを観ることになったと思う。でも、今、まさにしじみがたった三日の滞在のうちに僕のもとにこれを持ってきてくれたことに、真理子の意思を強く感じるんだ。」

彼は言った。

「短い滞在だったけれど来たかいがあったと、真理子はその魂の面影を、私たちの生命にゆきわたらせているんだと、思うことができた。そして神様とか宇宙や小さな奇跡を信じる気持ちが、真理子の死の不条理から、私をも少しだけ救ってくれた。」

私は言った。マッテオの手を取りながら。

帰り道、私たちはすがすがしい気持ちだった。

それがいっときだけのすがすがしさで、また悲しみがどんよりと襲ってくることを私は知っていた。でもこのいっときこそが命をつなぐ大切な水分なのだ。

歩きながら私は言った。

「一個だけ、新しいイタリア語覚えて帰りたい。」

マッテオは一瞬悩んで言った。

「ローマ・エ・エテルナ。ローマは永遠なり。」

「いくらなんでも、もう少し長くても大丈夫なんだけど。」

私は言った。

「あ、じゃあ、さっき君がEATALYで買って僕にくれたTシャツの文字。」

マッテオはまた自然に、真理子がいた頃みたいに明るくげらげら笑った。そう、いろいろごちそうになったお礼にと、私はマッテオにTシャツを買ったのだった。

「シアーモ・トゥッティ・コンタディーニ。私たちはみな農民です。」

「ええっ？　そんな意味だったの？　渋いデザインだったから、もっとかっこいいことが書いてあるって思ってた。それ、覚えてもなかなか使うときがないよ。いつかまたローマに来てもさ。」

私は笑った。

マッテオと頬を寄せ挨拶のキスをして、ぎゅっと最後のハグをして、ホテルの前で別れた。

マッテオの背中が街に消えていく。

一度だけ振り返って手を振った、彼の背中。真理子の人生にとっていちばん重要な光景のひとつ。目に焼きつけておこうと思った。石畳の世界にだんだん消えていく彼の姿を。

きっと私はもう二度とマッテオに会わないだろう。

まあ、もしもなにかのめぐり合わせで会ったとしても、そのときマッテオの隣には真理子ではない女性がいるだろう。今のような同じ悲しみを持って会うことは二度とない。それは良いことのはずなのに、胸が強くしめつけられた。


部屋に戻ると、すっかりなじみになったサンタマリア・マッジョーレ大聖堂の広場に建つマリア様の塔が見えた。マリア様ありがとう、旅は終わりましたとつぶやいてみた。夜なので鳩はいない。街灯の下をまだぽつぽつと人が歩いている。

私の真っ黄色のスリッパが犬のように律儀にベッドサイドに待ってい

た。

私は夫に電話をかけた。時差を考えるとまだ寝ているだろうと思いながら。かけてみるだけでよかった。淋しくて発狂しそうだった。こんな平和な世界でひとり混乱してバカみたい、私は鳩×マリア様の真横にいるんだぞと思いながらも、私のちっぽけな生命力は、ローマのあらゆる時代の歴史が重なった深い夜の、切り立った鋭い闇に今にも飲まれてしまいそうだった。

シャワーを浴びてじっと目を閉じていれば朝が来るから、こらえきれるはずだったけれど。

「そっちは夜？」

急にのんきな夫の声がした。きっと私のいない間、思うぞんぶん好きなラーメンでも食べたのだろう、上機嫌だった。

「起きてたの？」

私はびっくりして言った。

「目が覚めちゃって、掃除してた。」

夫は言った。

「早起きね。こちらは夜。明日朝、飛行機に乗る。」

涙声で私は言った。家の中の音が聞こえてくる。なにも伝わらなくていい、悲しみは私だけのものだ。でも、日本の今につながることができたことに心から救われた。私がこんなにも救われているとは彼は思っていないだろう。それがいっそう気持ちを楽にした。

「トラを見る?」

彼は言って、通話をカメラに切り替えた。

私たちの飼い猫が部屋を横切っていった。優雅なライオンのように。

「トラに触りたい。」

私は言った。すでに涙が止まらない状態だった。

「……だから言ったじゃないか。絶対に悲しくなるに決まってるところにひとりで行くなんて、そりゃ悲しくなるに決まってるだろう。」

彼は言った。

「ほんとに、あなたの言う通りだった。こわいくらいに。だれと会っても話しても真理子はいないし、ひとりぼっちで。もちろんみんなよくしてくれた。でも、真理子がいないローマなんて、初めてで。ありえなくて。」

私は涙を流しながら、でも淡々とそう言った。

「それは、もう、だれにもどうにもならないことだから。ほんとうに、いい仕事をしたよ。必要な任務だったと思う。だからもう早く帰っておいで、待ってるニャン。」

彼は猫を抱き上げて、手を振るような仕草をさせた。

そして猫をそっと床に置いた。決して落としたりしない。彼はそういう人だった。

初めて彼に会わせたとき、優しい人だね、と真理子は言った。それに自分のペースがあって心が自由な人だね。そのとき横顔に髪の毛がかかって表情が見えなかったから、私はそっとのぞきこんだ。真理子は子どもみたいににっこりと笑っていた。だから彼と結婚して大丈夫だと思った。あんなにもその判断を信頼できる人物を失ってしまい、これからはなんでもひとりで考えていかなくてはいけない。

「しじみが死んだわけじゃない。しじみはこれからも生きていくんだ。いろんな人に会って。もしかしたら僕たちの子どもにも出会うかもしれない。真理子さんを忘れる必要はない。でも、区切りは必ずある。薄れていくのが自然なんだ。今はほんとうに悲しむしかないときだから、ただしんぼうするしかないよ。」

彼は言った。

そうか、私が死んだわけではなかったんだったっけ。ちょっと驚きながらそう思った。あまりに死のことばかり考えていてすっかり忘れていた。でも私の一部は確かに真理子といっしょに死んだ。それは幽霊として永遠にこの街を、真理子を探してさまようのだろう。この街の夜には長い歴史が生んだそんな透明な幽霊がぎっしりつまっている気がした。

私の他の部分は明日の朝飛行機に乗って、日本に帰っていく。そしてまた暮らしを始める。細胞が分裂して新しく皮膚を作るように、「今」が増えていく。「今」はどんどん更新されていく。それは自然なこと、宇宙の理。いつか私も消えるまで、絶えることのない変化の流れ。生きている人を癒し、死んだ人を天と地に返す絶対的な法則。たとえテクノロジーの力である程度不老不死が実現しても、限りなくゼロに近づくだけで、なくなることは決してない真実。

「ありがとう、じゃあね。」

私は言った。

憑き物が落ちたように孤独は消えていた。心はもう日本に向かってい
た。暗い祭りは終わった。

「おやすみ。」

彼は言った。

自分の家の明け方の澄んだ空気。光が映えるリビングの白色。鳥が鳴きはじめ、窓から見えるであろうマンションの中庭の緑が朝日を受けていっせいに輝く様子。なにもかもが匂い立つように記憶の中から立ち上がってくる。

こんなに遠いところにいるのに、世界一近い場所。世界一愛している私のその場所を思った。

暗く細い道を辿る冥界の旅は終わった。私は私の世界に帰ってきた。でも、別に冥界でもよかったのだ、真理子がそこにいるのなら。面影が追えるのなら。

珊瑚のリング

私の中指にいつも光っている珊瑚のリングは、母の形見なのだ。センスがよかった母は、おばあちゃんの形見の珊瑚のリングを、自分でデザインして知り合いの工房に持って行って、作り直してもらった。見るからに古臭かった十八金と楕円の珊瑚の、たとえばちょうど沖縄の国際通りの古いお店の陽に焼けたウィンドウの中に何十年も置いてあるようなデザインだったそのおばあちゃんの時代のリングは、母のセンスでモダンなものに生まれ変わった。

見せてもらった瞬間の驚きを覚えている。

楕円の珊瑚のまわりには小さなダイヤモンドが円形に置かれて、ちょっとＵＦＯのような感じだった。

「すごい、お母さん、ほんとにかっこいいね。同じリングとは思えない。

おばあちゃんには前のデザインのほうが合ってたけど。」

私は言った。

「私が死んだらあんたにあげるわよ。」

母は笑った。

まさかそれがほんとうになってしまうなんて。

長く陶芸をやっていた母の指は、土をこねていたのでかなり無骨で太かった。母と同じ指にしたかったけれど私には少しだけサイズが大きかったから、やはり母から譲り受けた父との結婚指輪、細くて小さなダイヤがついている少しサイズが小さいものを重ねづけして落とさないようにしている。

「お前と結婚した覚えはない。」

実家に行くと父が笑いながらそう言う。

「薬指じゃないもん。」

私は笑う。

お仏壇の中では母の写真が笑っている。

徹夜して梱包した陶器を納品した帰りに、くも膜下出血の発作を起こしてガードレールに激突するなんて、ほんとうにバカなお母さん。

このやりとりをするたびに当初は手を握り合って泣いていた私と父だったが、最近は笑顔で終わるようになってきた。月日が私たちをそうさせてくれたのだ。


祖母、つまり母の母が亡くなったとき、父の転勤でちょうど私たち家族は香港にいた。

父の会社が借りてくれたマンションは値段も階数も高いのにとても小さな部屋で、家族三人くっつくように暮らしていた。

まだ中学生だった私、珍しいことだらけのその駐在には良い思い出しかない。

ふつうそんなふうに仕事で暮らしている家族は住み込みのお手伝いさんを雇うのだが、この小さな部屋に他人と暮らすのはいやだと言って、体を動かすのが好きな母は自分で家事炊事をしていた。

マンションの中でカジュアルすぎる、とても奥様とは思えない格好をしている母はしょっちゅうメイドさんに間違えられて笑っていたっけ。

私たちが住んでいた地域は坂道ばかりで、エスカレーターを駆使してみななんとか登らないで済むように移動していた。いちばん家から近いスーパーに行くにもすごい階段をふたつぶんくらい上り下りしなくてはいけなくて、私のふくらはぎもすっかり太くなった。

物価が高いから安いマーケットまで足をのばして、丸ごとの魚をさばいたり、鶏のよくわからない部位を買ってはなんとか調理したり、いつも騒ぎながら母を手伝っていて、楽しかった。

祖母が闘病の果てに意外にあっさり亡くなってお葬式で一時帰国し、私を放っておけずにまたすぐ香港へ帰らなくてはいけなかった母に、祖父はとりあえずと言ってその指輪をくれたそうだ。祖母が亡くなったとき身につけていた指輪。

一人娘だった母は、その後で私の生活をひとりでもいられるようにちゃんと整えてからまたしばらく帰国して、保険の書類や相続について祖父を手伝った。

祖父母は小さい家で二人暮らしをしていたが、それでも祖父がひとりでこんな広い家はいらない、思い出もつらすぎると言ったので、その家を売却することにして、住んでいた駅の反対側に小さな部屋を借りた。

引っ越しのあたりまで手伝って、母は香港に戻ってきた。

しばらくしたある日のこと、いつも朗らかな母が電話をしながら、

「なんてことを。」

とだけ言って、涙をこぼした。

私はびっくりして近くに行った。

「でも、どうにもならないよね。わかった、お父さん、いいよいいよ。」

母は言った。

電話を切ってしばらく、母は泣いていた。

「どうしたの？」

私は言った。母は涙声で、

「またお正月に戻ってお母さんの部屋をゆっくり片そうと思っていたのに、お父さんったら、すぐ売るために私に黙って家を壊して更地にしたっていうのよ。遺品は業者を呼んで処分したり、売ったたって。お母さんのもの、みんななくなってしまった。金目のものなんて一切持ってない慎ましい人だったし、惜しいとか、そういう意味で泣いてるんじゃない

のよ。自分で思い出をたどりながら、ゆっくりやりたかったの。でも、今こうして外国で暮らしているんだから、しかたないよね。お父さんはお母さんのものならなにを見てもつらかったんだと思うし、そういう考え方の人もいるしね。」

と言った。

私は言った。

「思い出は消えないから。」

私にだって、もちろん仕事はある。編集の仕事をしているのだ。忙しいときは帰りも遅くなるし、仕事のつきあいもある。

一人暮らしの部屋も決してきちんと整っているとは言えない。しかし、母が亡くなったときに何回も思い出したのは、あの「なんてことを」という言葉の響きだった。

もしかしたら、母の悔しかった思いまでいっぺんに供養できるのではないか？　という可能性を思いついてしまい、「ちょっと待てよ、私だってそんなにひまじゃないんだよ。」とつぶやいたものの、定年退職をして週に二日しか仕事に行ってない父、淋しい一人暮らしになった父にとっても、それはいいのではないか？　と思った私の行動、それは、仕事が比較的ひまな水曜日の夜は実家で父と食事をして、母の部屋とキッチンで、母の遺したものをこつこつと片づけるということだった。

着物は売り、私にも着られそうなものは私がもらい、傷んでいるものはリメイクしてスカートやバッグにした。自分でデザインをして、母が珊瑚のリングにほどこしたように生まれ変わらせた。母の作った器はきれいに分類して、キッチンの棚に入れた。これまで両親が使っていたわりとどうでもいい食器は、ネットで売ったりバザーに出した。これからは母の作った器でごはんを食べようと父に提案した。父は食洗機に入れられないから面倒だと不満げだったが、私は強引に決行した。いくつかは私のちっぽけなワンルームの部屋に持っていって、大切に使うことにした。

水曜日に会えなくなって学生時代からの恋人とはちょっと気まずくなるし、たまった仕事を週末に持ち込むから寝不足になるし、体はいつも痛いし、なにより、母の匂いのするいろいろなものたちに囲まれて、涙がいくら流れても止まらなかった。仕事で疲れているのに、さらに疲れて悲しくなるとわかっていることをどうしてわざわざするのだと同僚にも言われた。

でも私はもくもくと、それこそブルドーザーのように行動した。

母のクローゼットには、母のいちばん好きだったワンピースだけそっと遺した。

ジュエリー類は、いくつかを私がもらって、あとは母の友だちにひとりひとりちゃんと会って、母の思い出話をしながら、毎回泣きながら渡した。

ついに母の部屋がそのワンピースのようないくつかの思い出の品を残してすっきりとしたとき、それにはなんと二年もかかったのだが、私の中にはなにかしっかりした感覚が残っていた。

あのとき母にできなかった、健やかな時間の使い方をしたという感覚だった。

今でも、父とは二週間に一度は必ず食事する。私が父の食べられるものを作り、母がいたときと同じように食卓に向かい、母の作った器で。

それが習慣になってしまったのが、いちばんいいところかもしれない。恋人も友だちも同僚も「あ、今日は実家の日ね」という感じになってきた。

もちろん現代社会で働いている私、決してのんびりはしていないので、きれいごとばかりではない。しかし、少しだけ時間をゆっくりとさせる大切な魔法を私は母から受け取ったような気がする。

いつか父も去るだろう。私だって、もちろんいつまでもこの世にいるわけではない。

でも、だいじにしていたものが残って、それを新しい使い方で使って、命がつきるときまでそれが続いて。その一部をもしかしたら私の子どもや、その子どもが使って。私に子どもがもしいなくても、必要としている誰かが使って。

本格的に壊れたり朽ちたりするまで、だいじに手入れをしてその人の生活の一部になって。

そういう時間の使い方を人ももものも取り戻せたら、身の丈に合った健やかなこの気持ちが自分の周りにも満ちていくような、そんなイメージがある。

母の遺品を整理して、泣いて泣いて、変なもの（いやらしいものとかではなく、わけのわからない人形だとか、父以外の人からの昔のラブレターだとか、本の間に挟んで忘れたであろうへそくりだとか）もたくさん見つけてはひとつひとつ整理し、食器棚の上に放置されていた重い鉄鍋をバザーに出すために磨いてはまた泣いて、いろんな服に穴が開いていないか、シミはないかチェックして。そんなことをしているうちにいつのまにか、私は使ったはさみをそのへんに投げたり、服をひっぱって洗濯バサミから外したりしなくなった。うっかりコップや皿を割ったりすることも減った。そんな自分に気づいて微笑んだりする。

そんなとき思い出すのはいつも、中学生のときに母と手をつないで坂の上から街を見下ろした頃の思い出。光り輝く異国の街、読めない看板の波の中で、母の温かい手にそっと輝いていた、珊瑚のリングの映像なのだった。

情け嶋

親友ふたりと同じ屋根の下で暮らせるなんて、なんて幸せなんだろう！　と調子のいいときには心の底から思う。

こんな幸せな人生はない、これほどの自由はない。

経済バランスも完璧で、よくこんなふうにうまくパズルがはまったな、と。

しかし違うと思ってしまったとき、たとえばいろいろうまくいかなかった一日の終わりにいっしょにごはんを食べたとして、たまたまふたりのやりとりに自分が全く入っていけず、明るくふるまいながらひとりで自分の部屋にとぼとぼ帰っていくときなど、必要以上に孤独を感じる。

自分の人生は失敗だ、なんでこんな迷宮に入ってしまったのだ、と思う。

人の気持ちなんて、そんなものだ。真実は頭の中には常にない。

真実は流れついた状況の中にだけ、全て存在する。

親友の春男は親が遺したいくつかのマンションとビルの経営をしていて、いわゆる大家さん。

ゲイである彼とは高校のときからずっと仲良しだった。

彼の見た目はいわゆるフレディ系。しかし高校のときは細身の美少年だった。

だから今もフレディの後ろに美少年が見える。目がまん丸でくちびるがふくよかな、あの頃の春男が。

私は彼にもちろん恋をしてはいなかったが、互いにパンツまで貸しあえるほどの仲の良さがあまりにも楽すぎて、しかも男子といっしょに過ごすというほのかな性の満足感もばっちりと満たされるので、このままずっといっしょにいて、いっしょに暮らして、それぞれに別の人たちと恋をしたら最高なんじゃないかと思ったこともしょっちゅうだった。

まあ、いかに仲良しでも結局は人間同士の話で、いやなところはお互いにあるに決まっているし、ルームメイトになるなんて、彼の、顔が広すぎてすぐパーティになってしまう生活に入り込むなんて、静かに過ごしたい私にはとてもむりだった。

自分は何かが欠けているのだろう。別にいい。治らないんだから。

もちろん女性を好きなわけでもBL好きでもなく、昔から数年に一度恋人ができる。

熱い恋もちゃんとしてる。でも自然に尻すぼみになる。

そろそろ別れた方がいいのかな、としかたなく言い出すのは私で、向こうはその言葉を待っている状態だった、いつもそんな感じだ。

私はたまたま昔バイトしていた不動産屋さんの勧めで取った宅建の資格を持っていたがゆえに、春男が自分の物件のためだけにやっている小さな不動産会社の社長をしている。つまりある意味「この人生、ひとりでもほんとうに親しい春男がいればいいか」という高校時代の夢が叶ってしまったというか（夢だったのかな？）、結果、一蓮托生の夫婦みたいな状態になっているのである。

アソコちゃん以上に信頼できる人がいないからしょうがない、と彼は言う。

だいたいアソコちゃんっていう呼び方はどうなのか。

私の名前は佐藤阿蘇美。両親が新婚旅行で阿蘇に行き、蘇鉄に魅せられたことからつけたという安直な由来なのだが、高校のときからずっと彼は私をそう呼んでいる。人前でもなんでも。

さすがに事務所では「佐藤さん」と呼ぶが。

いつもとなりにある少し毛深い腕や、運転するときのおしゃべりや、「気分じゃないから」と平気でずさんに断ることができる晩ごはんの誘いや。

春男のいない人生はもう考えられないなと思う。

別にベストではない。でももうすでにそこにある。

動かしがたい山のように。ゆったりと流れていく川のように。

たとえばペットショップに行き、好きになった犬を連れて帰ってくる。しばらく眺めていたら思ったより不細工だったから、理想の犬ではなかったみたいだから、といって、その犬を交換しにいく、そんな人がいるだろうか？　いるにはいるかもしれないが、私とは関係ない生き方だ。

その犬の不細工さがすでにもうかけがえのないものになっている、抜きで考える人生を自由でいいとは思えない。それが人情というものだろう。

私の人生における春男はそんな人物だった。

向こうもそう思っているだろう。気が合いすぎて、腐れ縁だと。

義人（よしと）くんは春男のパートナーで、彼らは三年前からいっしょに暮らしている。

最初の時期は彼らが熱々すぎてすぐ目の前で始まっちゃうからコントのように離席するのが忙しかったのと、義人くんの「つきあいが長いからってなんだよマウンティング」がたいへんだったが、そのうち私に野心がないのを理解した義人くんが私を友だちとして好きになってくれた。

義人くんは私と春男よりも七歳年下で、春男が住むペントハウス（と呼んでいるが、春男は店子よりもいい部屋に住むなんてよくないと言うので一階である。ペントハウスでもなんでもない。そういうところは考え方としてすごく信頼できるところ）にいっしょに暮らしている。

彼らの住む場所は不動産会社の事務所スペースとつながっているので、一階のほとんど全部が彼らの家で、その一部が私の職場となっている。春男の事務所の仕事は結婚していたときからパートがわりにしていたから、後から就職そして職住近接となったわけだ。

私はバツイチで、出戻ってきたときに実家には戻らず、そのマンションの二階の空き部屋に格安で入れてもらった。格安を補うために、事務所と廊下と事務所の玄関の掃除を私がやっている。

私が出戻った原因は、夫に好きな人ができて、その好きな人に子どもができたから。

私はほんとうに鈍く、そんなすごいことが起きているのに全く気づかなかった。

そういう自分も悪いと思う。

仕事のあと、ついつい春男の部屋に寄って軽く飲んだりおしゃべりしていたら、あれ？　なんで帰るんだっけ、どこに帰るんだっけとよくわからなくなったものだし。

私が洗濯した下着や靴下、クリーニングに出した（アイロンをかけていたと言いたいがやってないから言えない。むしろアイロンがかかった形で帰ってきて、あれ？　クリーニングに出したっけ？　と思っていたくらいのまぬけぶり）ワイシャツを着て、彼は他の人とレストランに行ったり、セックスしたりしていたのだ。

別れる決定的な理由を見つけるべく、子どもまで作っていた。

私の夫だった人は気が弱いところがあったから、そんなことでもないと永遠にそのままずるずるいっただろう。私も別にいいよと思ったかもしれない。夫とはとても気が合って、友だちみたいな感じだった。生まれて初めて長続きするかもと思った人だった。だから、どうぞつきあっていてください、と思ったかもしれない。私に好きな人ができない限り。

彼に「好きな人ができた。」と言われたとき、あ、若い子でしょう、と私は言った。なんだか最近若くなったな音楽の趣味が、と思っていたから。

ショックだけど、いいよ、つきあって。でもあなたの服の洗濯はもうしたくないな、と正直にそして寛容に言った。

いや、それどころじゃなくて。子どもができてて。早くいろいろ決めないと。

と夫だった人は言った。

私をいちばんに思って、私に会いに夜道を駆けてきたり、私のためにさっと荷物を持ってくれた彼はもういないんだ、と思った。

赤ちゃんか、じゃあしょうがないね。でもお金はしばらくちょうだい。

私は言った。

また同じパターンに陥ってしまった。私の別れ話を相手が待っているという、あの伝説の。

彼はこつこつと荷物をまとめていた。君も出てね、解約したからここを月末までには空けなくちゃ、と彼は言った。専門家の私に不動産の契約について説かないでください、まだ余裕はあるって知ってるよ。もしかしたらふたりでここに住むつもりなの？

と言ったら、図星だったみたいで彼は黙っていた。

ふたりでドアを開けて、初めてあかりをつけて、名前を玄関に書いた（なんとなく知っているフレーズだが実際そうだったから）部屋なのに、もう決まったことみたいにそう言われた。ああいったことがどんなに幸せなことだったのか、初めて思い知った。当然のようにいっしょに靴を脱いだり、上着を同じソファにかけたり、お茶を入れあったりすること。人の暮らしのささいなこと全て。

彼は月に十万の振り込みを五年間という契約を守ってくれていて、私はいつか自分のお金で住めるところを見つけるために、地道にそのお金を貯金している。

「住むところ探さなくちゃ、通いやすいから春男の事務所の近くにしようと思って。」

と荷物のまとめも終わりかけた私が事務所の近所の居酒屋で春男に言ったら、

アソコちゃん、いいよ、うちに住みなよ、と春男は言った。まだ義人くんと同居をしていなかった、彼らが知り合ったばかりの頃だった。

いやだよ、ゲイパーティが多めだし、音楽もうるさいし、夜もいろいろ激しそうだし、鼻血でちゃう。と私は言った。

いや、二階の真ん中の部屋空いてるから、そこにいくらでもいていいよ。一生いたってかまわない。春男は言った。

そのとき初めて涙が出た。

好かれてる、いてもいいって思われている。それが嬉しかった。いちばん傷ついたのは、「できればいなくなってくれないかな」と夫と彼女、ふたりもの人間にずっと思われていたことで、私がのんきに暮らしているあいだずっと、その思いが私をおしくらまんじゅうのように最後には押し出されるまでに強く押していたことに気づかなかったこと。

他に好きな人ができたからって、人として好きなままでいるくらいはしてくれてもいいじゃないか。ちょっとくらい迷おうよ。私と暮らしながら彼女とつきあって自分の気持ちを見ていく、くらいの気持ちはあると思ってたよ。

そう思って、私は春男のたくましい腕の中で大泣きした。

「アソコちゃんはどこかしらゆがんでるのよ。相手も好かれてない気がするんじゃないかな。僕でさえ高校のとき、明日僕がいなくなっても、この人はそれをあっという間に受け入れるだろうって思ったもん。今は思ってないよ。情にあつい人だって思ってる。でもどうしてだか、いつでもこの人はつごうよく別れてくれるって思わせちゃうよね。巨乳だしさっぱり顔だから、初めはもっと違うしっとりタイプと思われちゃうんだよね。眉毛が細くてハの字なのがいけないんじゃない？　もっと温厚な眉に描きかえたら？」

切々と春男に言われて、春男の腕を握りながらも、涙が引っ込んだ。

「よけいなお世話だよ。」

私は言った。

「人としてはかわいげがあるんだけどねえ。不倫相手の子を妊娠しようっていうど根性にはやっぱり勝てないよね。」

春男はため息をついた。

「愛は戦いじゃないよ。愛は奪うものでもない。そこにあるものだよ。」

私は言った。

「うんうん、しばらく休みな。そういうのわかってくれる人がこの世にはひとりくらいはいるから。この厳しい世の中で、まだそういうこと言う人が。」

春男はそう言ってくれたが、ちっとも慰められなかった。

私は怖いくらい結婚生活を引きずらなかった。

むしろそんなこともあったっけ、と夢の中のことだったように思えた。

なにせ理由が理由、向こうの親もこちらの親も全く私を責めなかったのもよかった。そのくらいいい点がないとやっていられない。向こうの親なんてお金までくれた。何回も断って帰ってきたら、翌々日に振り込まれてしまったのでもういいやと春男と義人くんと高いステーキを食べに行った。

自分の好きなものだけ持ってくればよかった(くやしいから錆びた物干し台とか古い冷蔵庫とかみんな置いてきてやった)引っ越しも楽しかったし、ひとり暮らしなのに近くには親友とその彼氏が住んでいるなんて最高だった。もはや老人ホームみたいなものではないか。

人生決まったな、と思った。あとはこれをなるべく引き伸ばすだけ。

何かきっかけがやってきて、住みたいところが見つかるまではね。

そう思って引き伸ばし続けている。

ふたりに食事に招かれるときは手土産を持っていったり、食器の片づけはするように距離感に気をつけてはいるが、コンビニの菓子をあまり食べなかったり皿がジノリだったりするからむつかしいったら。皿の乾かし方までうるさい彼らだった。

でも姑というものに比べたら楽なものだ。あれは地獄だった。ブルーのお皿にはおひたしは合わないんじゃない？　って、ここは私の家だよ、私の好きに盛りつけるよってどれだけ口から出そうになったか。お胸が目立つお洋服はよしたら？　っていうのもムカついたな。

自由ってむつかしい。

子どもがほしい気持ちがなくはなかったけれど、姪っ子も甥っ子もいる私、彼らの役に立って生きていくのも悪くないし、今の日本の状況で子どもを産むなんて経済的にもむつかしい。

……なんて考えてること自体がひまなのだ。

できるときは一発だし、産むときはしかたなくなにがなんでも産むんだろうし。

とりあえず今は少しでも春男に家賃を入れられるように節約している

が、それがいつまで続くかなんていちいち考えたら暗くなってしまう。まあお金のある男ができて、そこに移行する可能性だってゼロではないわけだし。

そう考えてわりと楽しく暮らしていた。

だからなにも起こらない。

葛藤もなく、悩みもない。

こういう人って案外多いと思う。

そして人類の生と死の闇の中に消えていくのだ。

それは見事に咲いて散った花のように美しいことだ。

もしかしたらいちばん幸せなタイプの人生かもしれない。そういう人生のしみじみと明るい良さについて描いた物語は少なすぎやしないだろうか。みんななにか壁にぶつかったり、乗り越えたり、成し遂げたり、緩急があるからこそいいみたいな話ばっかりだ。天国にはなにもトラブルがなくて退屈だから地上に生まれてきて学ぶのだとさえ言ってる人がいるが、そんなはずはない。頭が悪い私にだってそのくらいわかる。進化した人類、あるいは天国の人類は、トラブルがなくて春風が吹いていて、このほうがいいなあ、と絶対思ってるはず。

義人くんの実家がある八丈島にいっしょに行こうと誘ってきたのは、義人くんだった。

義人くんは庭で畑を作ってトマトやナスやゴーヤを作っているくらいの働き者で、彼がそこの隙間で育ててくれたことにより、私は明日葉を知った。

おひたしにしたり、天ぷらにしたり、炒めたり。強くてどんどん育って、おいしくて栄養があって。私は明日葉を好きになった。

「知ってる？　『奇跡の野草明日葉』って本があるの。私注文しようかな！」

ある朝、私がそう言ったら、

「いっしょに行かない？　カモフラージュ！」

と義人くんが言った。

義人くんの目と目が離れているがまつ毛が長いところがとてもチャーミングで好きだった。身長が二メートル近くあるのもかっこいい。

春男は店子のおばあちゃんのためにスーパーに買い出しに行っていて、留守だった。

私は春男が作って置いていった完璧な緑色の明日葉のおひたしを食べていた。

おひたしと、トーストと、コーヒー。

変な組み合わせだったけれど、おいしかった。ちょっぴりオリーブオイルが入っているところに工夫を感じる。

「それ、答えになってないし、話の意味が通じないんだけど。」

私は言った。

「親に会うのに、春男とふたりだといろいろかんぐられるから。」

義人くんは言った。

「ああ、そういうことね。いいよ。行きたい。明日葉の島。」

彼らは今月八丈島に帰ると言っていたので私は留守番してそうじしとくね、と言っていたのだった。

透明な器に入った明日葉がつやつやと光って、いいね、いいね、おいでよと言っているような気がして、私は参加を決めた。

「なにこれ、ハワイじゃん。紫陽花以外みんな。」

私の第一声はそれだった。

ちょっと湿った温かい風、椰子、黒っぽい土と黄色い土。

慣れた義人くんが運転する友だちから借りた車に乗った。どこを見ても海だった。

そして明日葉がどんなところにもびっくりするくらいたくさん生えていた。なんてぜいたくなことだろうと私は思った。

まず義人くんの実家を訪問し、なぜか背がそんなに高くないお父さんとお母さんに会った。

数軒先に住んでいるという義人くんのお兄さんは工事の仕事に行っているそうで会えなかった。

お母さんと義人くんが並ぶと大人と子どもみたいに見えた。

お父さんは陽に焼けてがっちりとしていた。

「こちらが僕の同居している親友、不動産会社を経営しています。こちらはその秘書の方です。」

義人くんは私たちをそう紹介した。全部違ってるその紹介ににこにことうなずき、義人くんが生まれ育った平家（台風がすごいから、ここいらへんの家は基本平家なのだ）のえんがわでお茶をいただいて、東京土産を渡し、ずっと緊張して冷や汗をかいている春男を眺め。

庭には小さな畑があって、畑の感じが似ていた。隙間にある明日葉の感じも。

やはり彼らの子どもなんだな、義人くんは、と思った。

お父さんは島料理の店の板前さんで、観光客が多いときには大忙しだそうだ。そういう話をしてくれた。

お茶も飲み終わり、義人くんに同級生から電話がかかってきたりしたので、いい頃合いかと思い、おいとますることにした。

義人くんを実家に置き去りにして、私と春男は今日泊まるホテルに向かった。

バックミラーに映る、手を振る義人くんは完全に地元の人として風景に溶け込んでいた。新鮮だったし、なんだか嬉しかった。こんなに遠くから来て、私たちと毎日いてくれるんだ、としみじみ思ったのだ。

となりの牧場で作られた牛乳が朝バイキングで飲み放題だというので、そのホテルにした。牧場を通りかかると牛たちはのどかに草を喰（は）んでいた。となりの森まで歩いていくという牛たち。自由に暮らしている。

チェックインしていちおう別々に取った部屋に入ってくつろいでいたら、私の荷物を持ってきてくれた春男がベッドにごろごろ寝転がりながら愚痴を言い始めた。

「わかってはいたけれど、なんかつらい。こういうときに、マイノリティの気持ちになる。いつもは意識しないのに。」

「そういうところ、東京は楽だよね。まだ。あと、ふだんあんまりいろんな種類の人に会ったりしないもんね。私は目の前で『きのう何食べた？』というドラマが展開されているようで、面白かったけど。まあ、私だって、家からはじき出されたバツイチだし、人生の真ん中を歩いてないから。」

私は言った。

「ここも東京都だよ。」

春男は言った。

その視線の先に海と空と小さな森。景色の中に感情は遠く開けていく。

「まあ、家族も義人くんの人生の一部だからね。親御さんは孫を期待して当然だし。」

私の胸と尻と目をすがるような目でくりかえし見る、お母さんの表情を思い出した。

確かに私がいることで、いろいろ決定打感が薄まってよかったのかもしれないな、と思った。

「今からどうする？」

私がぼんやりと尋ねたら、弾丸のように春男の言葉が返ってきた。呪文のように途切れない、彼を彼自身が元気にするプランの数々。

「ゆーゆー牧場の売店行って、それからくさやの工場の売店に行って、くさや味噌の瓶詰めを買って東京に送って、民芸あきで島流しTシャツ買って、古民家カフェに行っておやつ食べて、夜は飲みつまみながらの明日葉ラーメン。絶対実現させるもん。悔しいから。団欒に入れてもらえなくって。」

「そこまで決まってるなら、つきあうだけだわ。ねえ、つきあって来てあげた私に、島寿司トートバッグ買ってくれる？」

私は言った。

「いいよん。」

と春男は言った。呪文が効いて、もうすっかり機嫌が治っていた。

春男と車に乗っていると、助手席の私はまるで彼の妻。

お店の人も当然のようにそう思って扱ってくれる。男女のカップルってこの世にほんとうにいやすくできているんだなと思わずにいられない。説明しなくていいんだもの。

どこを走っても車の両脇が緑でいっぱいで、陽ざしは南国なのに少し柔らかくて、この島で故郷に思いをはせながらも、ここの暮らしを愛した昔の人たちの気持ちをふっと感じた。好きになったんだろうなあ、ここを。

私も流されてるようなものだしなあ。

私たちは予定をこつこつ済ませながら、最終的に中華料理屋でつまみに餃子や島唐辛子のヒリヒリポテトや鳥軟骨揚げを食べて、さんざん飲んだ。締めは明日葉ラーメンをふたりで分け合った。

夜はホテルの露天風呂にゆっくりつかって酒を抜き早寝して、朝はがんばって起きてレストランに集合し、目の前の牧場の牛乳をたくさん飲んだ。ビュッフェのカレーも食べた。

ホテルの人たちがみんなのんびりいい感じで、宵っ張りの朝寝坊の私たちにビュッフェ担当のおばさまが笑顔で「九時になったらもう食べものの追加はないけど、逆に九時半までゆっくり、みんな食べつくしちゃってくださいね。」と言った。

こんなこと他の場所である？　ふつう早く帰れって言うよね、ほんとうに情け深いところだね、と私たちは言い合い、紅茶にたくさん新鮮な牛乳を入れて飲んだ。

ホテルに義人くんがやってきたので、いっしょに車に乗って八丈富士に向かった。

できれば登ってみようということになっていた。

はじめ、春男は少し不機嫌だった。

義人くんが親と過ごした時間の話をするとちょっとつまらなそうにしたり、ご両親は僕のことなんて言ってた？　としつこく聞いた。

仕事ができそうな人ね、と母は言ってたよ。そして父は、お前まさかあれなんじゃ、って言った。

まさか何？　あれって何？　俺は俺だよ。

と俺が言ったら、父は黙った。そして、
元気でやってればいい、いつでも帰ってこい。

って言った。

そうかあ、と春男は言い、しばらくふたりは黙り、ふたりの雰囲気はそこから急に快方に向かった。

私はそれを、空の色が変わっていくのを見ているような気持ちで、眺めていた。

ほんとうは好きなのかもとか、男性と向き合うのを逃げてるとか、人生にちゃんと参加しなさいとか、彼らといることに対してどうでもいい話をしてくる人はたくさんいた。

そんな陳腐な答えや葛藤が必要だろうか。

人はあるとき欲情し、あるときはそれをすっかり忘れ、あるときはしっとりした気持ちになり、あるときは気まぐれになる。その全部を足したものが今なのだから、理屈はいらない。なににも耐えてないし、傷ついているからこうなったのでもない。強いて言えば彼らの見た目や気配が好き、そのくらいだ。確かなことは。

八丈富士のガタガタの千二百段くらいある切り出しの石の階段のとなりに、スロープみたいなものを作って滑りにくい素材を敷いてくれた人をほんとうに神だと思った。

あれがなかったらとても頂上には行けなかっただろう。

七合目に車を停めて、すぐそこがてっぺんだろうと思ったら大間違いだった。

若い義人くんが先にひょいひょい登っていき、私と春男は休み休み登っていた。

ここは昔女人禁制だったんだよなあ、と疲れた足と頭で私はぼんやりれど。

思った。いずれにしてもいつもどこにいても女人禁制みたいな毎日だけ

私なんて「おっさんずラブ」というドラマに出てくる女性たちみたいなものだよなあ、しょせん脇役。だからこそ楽なんだ。思うともなしにそう思った。主役はたいへん、なにかと戦わなくちゃいけないし。

目の前にはひいひい言いながら登っている春男の背中があった。

高校生のときの登山もこういう感じでいっしょだったな、そう思った。

こんなに長くいっしょにいるのは、もう愛と言っても過言ではない。性ではなくても愛だ。ぎゅっとつかんだり概念を論じ始めたら消えてしまうもの。

振り返ると昨日私たちが飲んだり食べたりしていた三根地区がよく見える。

天から見たら、あそこで酔っ払っていた私たちはかわいかっただろうなあ。考えられないくらい愛おしいんだろうなあ、と神の気持ちを感じる。人間って夜空に輝く星の粒々みたい。夜景を構成するきらきらした光みたい。

上のほうに金網でできた扉があり、「滑落注意」と書いてあった。そこをくぐるとき、ちょっと緊張した。私は登山をしないけれど、登山道に入るときに名前を書くノートみたいなものを見ると気持ちがきゅっとなる。

もし戻ってこなかったらこのノートに書いた名前だけが、自分がここを通った証になる。そういうことを思い出したからだ。

たどりついたお鉢と呼ばれる頂上からは、火口の中が見えた。

長年噴火してないから緑に覆われ、森のようになってふっくらこんもりしている。中に落ちたってトランポリンみたいになって大丈夫なのではないかとさえ思った。そのくらいふわふわの緑に覆われている。

「君の名は。」ごっこをしているふたりを眺めたりスマホで写真を撮ったりしながら、強い風に髪の毛をあおられながら、私は思っていた。

確かに今ここで突風が吹いたら、私はあっという間にこのお鉢の中に転がり落ちていくだろう。そしてきっと死ぬのだろう。

そんな自分を想像した。

車で上のほうまで来て、階段をスロープを登りに登って、たった一時間半くらいの山登り。

お鉢はぐるりと一周道があって、山の上がみんな見渡せる。歩いて一周することもできるらしい。

遠くにいる人たちがドローンを飛ばしてお鉢の中を撮影している。

鳥のように空からこの火口を眺めたいのだろう。

私が風にさらわれるかあるいはこけて落ちたとしたら、多分、最後に見るのは春男と義人くんのびっくりした顔。

イメージの中に浮かべたその見開いた目の中には愛情がある。行かないで、という心がある。

最後に見るのがそれなら、人生悪くない。

その目の中に映った自分の姿も、いっしょうけんめい生きてきたところがかわいらしい。誰にもわからないポイントで悪を避けながら小さくやってきた。それだけは確かだ。

私の体は地面に叩きつけられてぐしゃぐしゃになって、私の魂は空高くあのドローンよりも高く、鳥よりも速く上へ上へと。

なんてことない人生がなんてことなく終わったね、なにも残さず。気持ちいいね、でもここで終わるんだったら、もっと明日葉の天ぷら食べとくんだった、おひたしも。そのくらいしか思い残しがない。この人生はすごい、それってすごいことだ。誰にもわかってもらえない偉大さだが、なんて偉大なのだろう、私というこの生命体。

どんなに他人と親しくなり、その人のことをわかったつもりになっても、結局その他人とは自分の中に生きているその人にすぎない。その人本人ではない。

だから想像したそんな死の瞬間、落ちていく最後に思い描いたふたりの顔が、ほんとうに悲しんでいて心配している目が一瞬のうちに浮かんできたなら、私の中の愛情こそがちゃんと機能していることになる。

彼らではないのだ、実際は。この世はそんな幻影でできているのだ。幻影と幻影のあいだに、ほのかに温かい空間があって、人と人はそこでしか出会えないのだ。

実際がどうなのかを疑い出したらキリがない。実際に落ちてみるしかなくなってしまう。そして彼らの顔から勝手に「こいつが死んでも別にいい」を導き出してしまう。そういう思考回路で損している人をいっぱい知っている。

夫だった人もそうだった。春男におちんちんがついている、そのことだけで、いつか何かきっかけがあって間違いがおきやしないか、自分より彼が好かれているのではないか、常に突き詰めていた。絶対ないと言えるか、この世で彼とたったふたりになってもなにもないと言えるか。つきあい始めの頃は、いつもそんなことを言っていた。

私はげらげら笑って、そりゃ神にしかわかんないね、と言った。

その点義人くんは鷹揚（おうよう）だった。初めのうちは靴に画鋲を入れそうな勢いの嫉妬だったのに、あるときから全てどうでもよくなったらしく、いっしょにパフェ食べに行こうとか服買いに行こうとか言って、なついてきた。だって、嫌ってもなにもいいことないもん。それにアソコちゃんの声が好きだし。そう言っていた。

だいじなのは、突き詰めないこと。

そして、本気で自分の死を、この風の中で、美しい景色の中で、こんもりした緑にダイブして人生の最後の瞬間を見るときを観想したときに、一瞬だけ見える彼らの顔の心配な表情がほんものであれば、それがどんな占いよりも自分を確かに支えるということ。

私は間違ってない、間違った人たちといっしょにいるんじゃない。

そんなことは、自分にしかわからないのだ。

自分に自信を持つってそういうことだ。

がくがくになった足を癒しに、見晴らしの湯に行った。

はんぱな時間帯だったのでお客さんは他に二名しかいなくて、すごい眺望をほとんど独り占めした。

心地よい風が吹いている露天風呂からはこれでもかというくらい海の広がりが見えた。楽園のような場所だった。なかなか風呂から出ることができないほどの絶景に何回もため息が出る。来てよかった、そう思った。

湯上がりに眺めの良い畳の休憩室で冷たい水を飲んで、外を見ながら寝転んでいたら、うとうとしてしまった。

ふたりの声をBGMに、光にさらされながら。

身体はほかほかで足はつやつや。

生まれ変わったような感覚に包まれて。

ふたりはお茶を飲みながらぺらぺらしゃべっていた。

「寝ちゃった、アソコちゃん。」

「子どもみたいな顔して寝てる。」

「アソコちゃん、男みたいにサバサバしてるからつい忘れちゃう。女だってことを。」

「確かに女っぽさは少ないかもしれない。巨乳なのに。」

「なんでアソコちゃんにおっぱいなんてあるんだろう。なかったら三人で一生楽園のように暮らせるのに。だれかが先立っても支え合って生きていけるし。」

「その誰かってどう考えても僕でしょ。それに、僕にとってはそういうの楽園じゃない。いっぺんに他の人も交えてセックスすると、混乱しちゃうんだ。手順がわからなくなって逆にフィジカルになれない。昔からそうだった。ああいう場がちっとも楽しくなくて、自分っておかしいのかなと思った。」

「春男って、きちんとしてるんだね。そういうとこ。」

「それはしかたないよね。でも、そうなんだよね、僕だって若い頃何回か女とつきあえないかと、もちろんアソコちゃん以外の女とがんばってみたけれど、できなくはないけど、穴はともかくどうにも乳が苦手で。」

「あんなに出てるなんて、恐ろしいよね。」

「ぷよ、ぷよよ、ってしててね。牛っていうか。揉んでみても、オエーなんだよね。」

どんな陰口を言われるより、自分ではどうすることもできないことを言われると傷つく。なかよしの三人というのは、仲間外れの美学の結晶でもある。もし突き詰めて考えたら、うんと悲しくなるシステムなのだ。まして現世では決して変えられない肉体のことなら。

「悪かったね。」

ちょっと涙声で私は言ってしまった。

ふたりはものすごくあわてて、ひととおり互いをののしりあった。

あんたが悪い、女性全般のことをアソコちゃんのことみたいに。目の前で言っても陰口だよ、今のはよくないよね。言われても自分ではどうにもできないことじゃない。あんたのチンコが小さいのといっしょだもん。つい調子こいちゃって、ごめん。いや、俺も悪かったごめん。互いの肩をぽんぽん。私の毛のないすねをなでなで。

言葉の洪水がすごすぎて、またも涙は引っ込んだ。

うっすらにじんだ風景に、フリージアの花が飾られていてきれいだった。赤と濃いピンクと薄いピンク。

フリージアたちと、その向こうにかすむ海。

「大丈夫、アソコちゃんの乳首なら舐められる。その後、口ゆすぐかもしれないけど。」

「俺も！　短い間かもしれないができる。信じて！」

彼らは口々にそう言って、必死な目で私を見た。

「辛子塗っときます、アンパンマン描いときます。」

私は低い鼻声で言った。

あ、さっき見たイメージの中のふたりと同じ目だ、と思いながら。

しばらく機嫌の悪い感じを出していい扱いを受けよう、そのくらいいいだろ、そう思った。

「ねえ、最後の夜だよ、何食べる？」

運転しながら義人くんは言った。私は後ろの席でひとり広々と気持ちよく座り、窓の外を見ていた。

窓が開いているから、風の音でところどころよく聞こえなくて会話にしっかり参加できない。てきとうにうなずいたり、黙っていたりした。

「何時に送っていけばいいの、実家に。」

助手席で春男は言った。

その角度から見る春男は新鮮だった。ずいぶん歳とったな、高校生のときは細かった肩の線がちょっとたるんでる。そりゃ私の乳も垂れてくるはずだ。山でも思ったけれど、高校生から見てるんだな、この後ろ姿を。出会えてよかったな、そう思った。

「どうせあの人たちは九時に寝るから。何時に帰ってもいっしょ。鍵開けて入る。」

「じゃ、ゆっくり飲めるとこがいいか。」

「ピザもいいよねえ。」

「ピザもいいね。ピザからのつまみ梁山泊か。ピザからの銀八つまみ酒か。」

「あ、さっき調べたら、『情け嶋』直売はしてないみたいだよ、八丈興発。だから明日寄らないで空港で買えばいいかも。そしたらピザ食べるひまあるじゃない。お酒、買うのは芋と麦冠両方ね。」

「一升瓶だったら送ってもらおうよ。」

「送料が高いし、すぐ天候が荒れて荷物ストップするからさ。持ってったほうが早いよ。」

「じゃタクシーで帰ろう。」

「そういう無駄遣いばっかりしてると老後大変なことになるよ。」

「違います、お金を使って時間を買ってるんです！　若い人がみんな持ってくれるなら別ですけど。」

またしても若干もめはじめた二人に対して、「なんなら私も持つよ。」と後部座席で横になって言った私の気持ちはほとんど、映画七八年版のほうの「ドーン・オブ・ザ・デッド」で、主人公のピーターがゾンビからの決死の脱出後に乗り込んだヘリが飛び立ってすぐ、燃料が「あんまりない。」とヘリを操縦する妊婦に告げられ、「オーライ。」とつぶやいたセリフと同じ感じだった。

なんとかなる。悲観でも楽観でもない。目盛りはいつもなるべく真ん中に。なるべく光と水にさらされて。情けは決して捨てず。

あとがき

吉本ばなな

何ということもない話。

大したことは起こらない。

登場人物それぞれにそれなりに傷はある。

しかし彼らはただ人生を眺めているだけ。

長い間、そういう小説を書きたかった。

あまりに丸く収めているから目立たない。でも崖からふと下を覗きこむように、沖合でふと足の下を見たら海底がうんと遠くにあるときみたいに、高台の見晴らしの良いところから街を見おろすように、そこにはどこから感じられるのかさえわからない魔法のかかった奇妙な深みがあり、いつかどこかで誰かの心を癒す。しかし読んだ人は癒されたことにさえあまり気づかない。あれ？ 読んだら少しだけ心が静かになった。生きやすくなった。息がしやすい。あの小説のせいかな？ まさかね。そんな感じがいい。そのほうが長いスパンでその人を救える。

短い旅をたくさんした三十年間の経験を込めて、時間をかけてやっとできたこの本。

私のこれまでの人生では、「デッドエンドの思い出」という作品集がひとつの到達点だった。それからだいたい二十年。やっと次の山を登りきることができた。

よりさりげなく、より軽く。

しかしよりたくさんの涙と血を流して。

この本が出せたから、もう悔いはない。

引退しても大丈夫だ。

そう安心しながらまだまだ書いていく人生に、三つ目の山、三回目の登頂が待っていてくれたら、いちばん嬉しいんだけれど。それは神さまにしかわからない。

おおよそ二十年もの間、ずっと寄り添ってくださった新潮社の加藤木礼さんに心から感謝します。ありがとうございました。

「新潮」掲載時に常にすばらしい感想をくださった矢野優さんにも、ありがとうございました。

それからこの本を作るにあたって、取材に協力してくださった方たちみなさま、現地の案内をしてくださった平良アイリーンさん、小原琢二さん、ジョルジョ・アミトラーノさん、第三新生丸さん、小宮山善友さん、たかまつやよいさん、加納顕史郎さん、ありがとうございました。

そして「フィシッフキュッヒェ」という彼のお店にお邪魔するたびに、その静かなすばらしいセンスに感動して一度は装丁をお願いしたかった仁木順平さん、ありがとうございました。こんなに感動しているのに、お店の名前が一生覚えられそうにないのは、歳のせいなのでしょうか。

この作品に出てきた全ての旅の同行者たちにも心からの感謝を捧げます。あなたたちが創ってくれた一瞬一瞬が、この小説の中に息づいています。

そして読んでくださった方たち、ありがとうございます。少しでも旅に出たくなったり、人生の虚しさが薄らいでくださったら、本望です。

いつまでもここでだらだらゴロゴロしていたいですが、重い腰を上げ、過去に別れを告げ、ふりかえらず、でも楽しくのんびりと、はるか遠くに見える次の山に向かって歩んでみます。

文庫版あとがき

この本を出したあの頃のキツかったことは、何を書いても個人的な愚痴に似てしまう。どうしてもうまく説明できない。

共に仕事をしてきた人たちに思ったより愛されていなかったこと、人として心をこめて（でも出し方があまりにも江戸っ子らしすぎて伝わらなかったのもよくわかるのだ）してきたことがむだだったこと。それが結果大切なこの本の出版に影響してしまったこと。その苦しみを誰にもうまく伝えられないこと。私は人の命と幸せのために書いているのだから、人の命と幸せを削る行動をそれがたったひとりの人であれ、他の多くに役立つものであれ、どんなときでもしたくない、そのポリシーが機能しなかった甘さや自己矛盾との戦いもあった。

ものすごく孤独だった。これまでしてきたことが何も報われていない、良かれと思って積み重ねてきたことが、全てひとりずもうだったように思えた。

この本で谷崎潤一郎賞をいただき、授賞式で「精いっぱい愚痴にならないように」その苦しみを話そうとしたが、やはり失敗してしまった。結果、めでたい席で過去のことを混ぜっ返す無粋なことを言う、変に繊細な人になっただけだった。

しかし、この小説集を、大切なご家族を亡くされた筒井康隆先生に読んでいただけて少しでも力になれたこと、川上弘美さんと初めてゆっくりとお話しできたこと、友だちや親戚や海外に住むそのときコロナ禍で会えなかった人たちに喜んでもらえたことで、全てが癒された。癒され、立ち直り、歩き始めることができた。

結局私はまた、小説に手を引いてもらい、闇の中から連れ出してもらえたのだ。

そして私は自分の人として大切にしていることと、物書きとして大切にしていることが決して相反しない人生へと、自分のふるまいを含めて考えを新たにすることができた。少し明るく軽く正確になったように思う。

結果オーライだと思う。

唯一まだ悔いていたのは、本来私はゲラを直したあと最低でも三日間は寝かして頭をリセットしてから最後に、てにをはだとか、句点読点改行を調整するのだが（そんなに調整してもなんでこんなに変なんだ！とよく言われるけど）、単行本刊行時はそんなさまざまな事情からそれができなかったことだった。

今回、幻冬舎から文庫を出すにあたり、やっと悔いなく直すことができた。ありがたいことだ。そうは言ってもほとんど直していないので自己満足なのだが、気になって夜も眠れない日もあったくらいなので、ほっとした。

新潮社の矢野優さん、須貝利恵子さん、田畑茂樹さん。幻冬舎の石原正康さん、壷井円さん。ありがとうございました。
そしてこの本を読んでくださった、愛する人を失った全ての人たち、過去にさまよう心をそっと抱いて今日を生きている全ての人たちに、感謝します。

２０２３年11月

吉本ばなな